落ちこぼれ
神刀使い
剣聖幼馴染とともに
『最強
妹尾尻尾
ill. 鍋島テツヒロ
JN022115

CONTENTS

Ochikobore shintou tsukai
kensei osananajimi to tomoni
saikyo ni itaru

序章

prologue

星が、瞬(またた)いていた。

真っ暗な闇が蠢いている。その中で、たった一つの星がきらきらと瞬いている。

闇は右にも左にも後ろにもいて、自分を囲んでいる。闇が手を伸ばしてくる。ヒトの形をした悪意、ヒトの中から噴き出した悪意が形作ったモノ、真っ黒な魔のモノが、闇の色をした魔物が、自分を取り囲んで、手を伸ばしてくる。

星が、瞬いた。

闇が、切り裂かれた。

間近で光るその星は、自分を守っているのだ。ヒトの形をした善意、ヒトの中から生み出された善意が形作ったモノ、真っ白な星の士(ヒト)が、天の色をした騎士が、自分を取り囲む魔物を切り裂いている。

綺麗だった。

自分も、このようになりたいと思った。

星の騎士が腕を振る。その手に握られている白い太刀は、きっと、もはや身体の一部に違いない。まるで彗星の尾びれみたいに白刃が流れて、闇の魔物を切り裂いては、真っ暗だった自分の視界を白く塗り替えていく。

斬って、斬って、斬って、斬り続けた。その騎士は闇を斬り伏せ、魔を退けた。やがて自分の周囲からは一切合切の暗闇が無くなり、視界は明るく晴れた。自分を救ってくれた星が手を伸ばす。帰ろう、と。自分はその手を握った。

星が導いていく。

星に導かれていく。

真っ暗な海を渡る船乗りが星を頼りにするように、自分もそうしようと思った。

いつか。

あの星に、辿り着く。

第一章　星を目指す者

chapter 01

マイア歴８００年、５月。


右の太刀が来る。

向かい合う相手は、身長１５０センチで体格は細めで動きは素早いのにパワーがある反則みたいなやつ。

木剣を頭の右側に立てた八相の構えから、勢いよく地を蹴ってこちらに踏み込んでくるのはいつも通りで、自分が切っ先を相手の首に向けた正眼（かまえ）で迎え撃つのもいつも通り。

３メートルという、魔術射撃をするにも近接攻撃をするにも中途半端な距離は瞬く間に消し飛び、お互いの剣が交わる一足一刀の間合いに至ると、恐れを知らない相手はさらに一歩踏み込んできた。

八相から素直に振り下ろされた木剣はこちらの頭部を狙っている。

ただの力任せな一撃なら怖いものは無いのだが、こいつは技も持っているから油断できない。

素直すぎる打ち込みに違和感を覚えながらも、力で劣る自分は振り下ろされた相手の剣を受け止めずに、清流を意識した足運びで上体を傾けることなく右方へ躱し、暴風のような太刀を巻き取って反撃に転じようとした——途端、向こうの気配に邪気が混じった。

――新しいことをやるよ、ヴァン。

自分には、ルミナの笑っている顔が視えた気がした。

まるで、夜の暗闇に輝く星のように。

振り下ろされるはずの木剣が正面から消失し、切っ先の気配が自分の真下に出現する。

他流でいうところの『表裏』というやつで、上段から斬り下ろした剣を受け止められる寸前で手の内と刃を返し、下段からの斬り上げに転じる技だった。

手品のようだが魔術ではなく、これはまだ剣術の範疇に収まるものの、実際に向き合ってやられると狐に化かされたようにしか思えない。それが魔術で身体強化された相手に使われたなら尚更だ。

音を切り裂くような切り上げが迫る。スネを狙うそれを片足を上げることでどうにか躱し、相手の左の内籠手が空くのを予想して打ち込むが外された。長剣は両手で持つのが基本であるが、相手はこちらの切っ先が届く前に左手を握りから離したのだ。

足を狙われ、手首を狙い返すという、一見地味な攻防にがっかりした幼い時期はお互いとっくに過ぎており、自由になった相手の左手が次に狙うのはこちらの首。もちろん絞めるのではなく当て身として使う気で、相手のパワーなら触れただけで昏倒するし、仮に威力を殺せたとしてもそのまま投げられて終わるだろう。だが舐めてもらっては困る。足運び、体捌きなら自分だって負けていない。

左足を引いて首への掌底を躱すと、同じように追ってきた敵の背中に粘りを感じる。それは大きな隙でもあり、最近伸ばし始めたという銀髪が邪魔になっている相手の心中を察する。

――だから切れって言ったのに。

――嘘、言葉では聞いてない。

そうだっけ。

そうだったかもしれないが容赦はしないし手加減が出来る相手でもない。考えなしに恐れることなく追ってきた相手の右足をこちらの右足(それ)で刈って体勢を崩すと、密着状態から袖を掴んで背中越しに投げて地面に叩きつける。

投げながら木剣を逆手に持ち替え首を斬ろうとしたがそれは防がれた。地面に全体重を乗っけて叩きつけたにも拘わらず手応えがまるでない。こいつ、背中にいるうちに足を躍らせて無理やり反転して着地しやがった。まずい、次が来る。

そう思った時にはもう、相手の右足は地面が割れるほど強く踏み込まれ、丹田にて作り出された魔力が足を通じて地を流れて自分の体内に流れ込んできた。

震脚だ。

地面から足の裏を通じて身の毛のよだつ破壊の予感を覚える。それだけで昏倒するような衝撃を、しかしこちらは魔力を清流のように大気へ逃がすことで殺(ばか)してみせた。たがもちろん右足の踏み込みは連撃の第一段階(はじまり)に過ぎない。震脚でこちらの動きを止めたあとで今度こそ当てようと左の掌底が繰り出される。が、

――それは偽装(フェイント)。本命(ねらい)は右。

右の太刀が来る。

ルミナの驚いている顔が視えた気がした。

右足で踏み込み、左手をいかにも突き出そうと構えて見せつつも、相手の意識は右腕にあり、そして予想通りに右の太刀が来た。

水平に振るわれた相手の木剣に、自分の木剣(それ)の腹を当てるのではなく添わせ、握った右手を支点にしてテコを使って打ち上げる。

空中に投げ飛ばした木剣を掴んで相手に斬り下ろす技も他流にあるがそんな悠長な真似はしない。飛ばした木剣が落ちてくるまで待ってどうする。そのまま斬りかかるに決まっている。なにせ相手はまだ死んでいない。

剣を飛ばされた時点で動きの質が剣術から柔術へ本格的にシフトする。

やはり恐れも迷いもなく、地を這うように足を取りに来た相手の額に、自分は、水滴が上から下へ落ちるように、川が上から下へ流れるように、木剣の柄頭を叩きこんだ。

当流でいうところの『石割り』というやつで、丹田で練った魔力を肩から肘、肘から手首、手首から掌、そして手腕の延長となっている武器(エモノ)を通じて相手に叩き込むこの技は、目録以上の者が使用すれば石どころか身の丈を超える岩石まで砕くことが可能であり、もちろん人間(ヒューム)の頭蓋骨など物の数ではない。

今度は手ごたえがあった。

相手がべしゃっと潰れる。その身体から闘気が消え失せる。もう反撃はないだろう。自分は倒れた彼女の頭に切っ先を向けた。

「勝負あり」

と、審判役の神父様が決着を告げた。

足元で、身長150センチで体格は細めで最近伸ばし始めた銀髪の綺麗な少女が、自らの額を抑えたように感じた。声を掛ける。

「大丈夫？　ルミナ」

「平気」

声を聴いて、ホッとする。相変わらずバカみたいな頑丈さだ。奇麗に当たったから痕は出来てないと思う。見えないけど。

「やっぱり、ヴァンはすごい」

ルミナの立ち上がる気配。

「見えてなくても、私より強いのね」

・・・・・・

目隠しを取ると、いつもは輝く星のようなルミナが、ほんの少しだけ悔しそうな顔をしているのが、はっきりと見えた。

それもまた、いつも通りだった。

☆　☆　☆　☆　☆　☆　☆

誰でも知っている事実を述べる。

メウロペ大陸は、『この世界を創造した七柱の女神』の一柱であるメロペー様にその名の由来がある。星の北半球に浮上した大地・マイア大陸の一部であり、正確に言えば大陸ではなく巨大な半島だ。

メウロペ大陸の南にはグアント海が広がり、そのグアント海に突き出す『手袋』に似た形をした半島がある。

その半島を、北から南まで丸ごと支配しているのが、神聖プレイアデス王国だ。

ヴァンとルミナはそこにいる。

神聖プレイアデス王国は『この世界を創造した七柱の女神』『始まりの女神たち』『プレアデス七女神』の聖名を借りている。『神聖』と付くのはそのためだ。実際に、プレアデスの誰かが姿を見せることも、ごくたまに――数十年から数百年に一度くらいの頻度で――ある。エルフなどの長命種なら、死ぬまでに一度くらいは見ることもあるかもしれない。

メウロペ大陸にいる神は、プレアデス七女神だけではない。

天界におわす神々が、地上に降りている。

ひとは、彼らを、『天神』と呼ぶ。

天神たちは、基本的には神殿やら塔やら迷宮やらにいるが、実際に国を治めているのは人類種族――ヒューム・エルフ・ドワーフなどの国王だ。神様たちはあまり政治に関わらない。そういうのは子供たちだけでやってくれって感じである。

もちろん、魔族や魔物を滅ぼすための手伝いは大いにする。むしろそのために降りてきているはずなのだが、下界を楽しんじゃってる神様たちも結構いる。困っている王様たちも結構いるが、今はあまり関係ないので割愛する。

さて、そんな神様いっぱいのメウロペ大陸、神聖プレイアデス王国の南東、右手の手袋でいうと、握り込んだ親指あたりに、ガーランドという田舎の領地がある。

ヴァンとルミナはそこにいる。

さっきより少し範囲が狭まった。さらに寄ってみることにする。

ガーランド領に小さな村がある。村の名前はマテラスというが、ここまでの地名と同じく、覚えなくてよい。

要は、神様がふつうにいる世界で、神様を崇拝する巨大な王国があり、そこの田舎村から物語が始まっている——ということである。

マイア歴793年、5月。

ガーランド地方の小さな村、マテラスに、二人の子供がいた。

ヴァン・ガーランド。

村で生活する孤児。まだ赤ん坊のころ教会に拾われ、他の孤児同様、神父様が親代わりの、心優しい男の子である。ファミリーネームが『ガーランド』なのは、拾われたのがガーランド教会だから。

ルミナ・ディ・サクラメント・ガーランド。

こちらのファミリーネームがヴァンと同じくガーランドなのは、ふたりが双子の姉弟だからでも、ましてや結婚しているからでもない。ルミナは、ガーランドの領地を治める貴族の娘なのである。なお、ガーランド地方は田舎なので、領主の娘も平民に混ざって畑を耕したり、勉強したりする。

二人は幼い頃から仲良しだった。幼馴染だった。親友だった。軍事的にも政治的にも大した価値のない地方の貴族なんざ、王都の大商人よりも慎ましい暮らしだ。領民に混じって畑も耕すし、牧畜だってするし、教育は中央から派遣された教会に丸投げする。

そういうわけで、畏くもガーランド領主が長女であらせられるルミナ・ディ・サクラメント・ガーランドお嬢様は、五歳の頃から教会に通い、孤児たちと机を並べて勉学に励まれ、

「ぼくはヴァン。教会の子だよ。双聖騎士（ディオスクロイ）になるのが夢なんだ。きみは？」

ヴァン・ガーランドと出会った。

彼女は、ヴァンに、星を見た。

五歳のヴァン少年が自分を見るその瞳がきらきら輝いていて、お星さまのように見えたのだ。

それは母が寝る前に聞かせてくれた英雄のお話、『天神に仕え、魔族の侵攻から人々を救った』双聖騎士（ディオスクロイ）を思い出させるものだった。

五歳のルミナ少女は、それに腹を立てた。頭に来た。まだ幼い彼女にはその理由がわからなかったが、十数年後にようやく理解できた。嫉妬だった。

「私はルミナ・ディ・サクラメント・ガーランド。ルミナって呼んでいいよ。あと、」

ルミナ少女は、自分よりも早く夢を口にしたヴァン少年に負けたと思った。負けたと思ったので、やりかえそうとも思った。精一杯、偉そうに返事をした。

「双聖騎士（ディオスクロイ）になるのは私が先だから。あなたはそのあと」

「そうなんだ。一緒だね！」

しかしヴァン少年はにっこりと笑った。変なの、と思う。この子にはお母様がいないはずなのに、どうしてこんな『お母様』みたいに笑えるんだろう。

言い返した。

「一緒じゃない。私が先になる」

「一緒になればいいじゃない。双聖騎士（ディオスクロイ）は二人でなるものなんだから」

「知ってるよそんなの。私は詳しいんだから。毎晩、お母様にお話しを聞いてるの」

「そうなんだ。一緒だね！」

「一緒じゃない」

「ぼくも毎晩、神父様（おとうさん）にお話を聞いてるよ。わぁ、ルミナちゃんとは仲良くなれそう！」

絶対仲良くなんてならない。

その誓いは、一日で破った。

「ルミナちゃん、ここわからない？」

「……そんなことないけど」

「あのね、ここはこうするんだよ」

「……しってたけど。ありがと」

「どういたしまして！」

仕方がなかった。ヴァンの方が少しだけ早く勉強を始めていたから。わからない顔をしていると勝手に教えてくれたから。文字の読み書き、算術、歴史、神学。神父様のお話にわからないところがあったら、ヴァンに聞けばぜんぶ解決した。勉強が終わった後も、

「ルミナちゃん、あそぼー！」

「……やだ」

「みんなで鬼ごっこするんだよ！　鬼ごっこってしってる？」

「しってる」

「じゃあルミナちゃんが鬼ね！　はい、タッチ！」

「ちょっと！」

仕方がなかった。ヴァンは無理やり自分を鬼にして、あははははと笑いながら逃げて行ったから。３つ年上の女の子と、５つ年上の男の子と、８つ年上のお姉さんと一緒になって、教会の裏の空き地を駆けずり回った。

「タッチ！　ふふん、今度はヴァンが鬼だよ」

「わぁ、ルミナちゃん足速い！　まてー！」

「ぜったいつかまらないから！」

楽しかった。はじめて友達ができた。はじめて、子供の、同い年の、お友達ができた。

ヴァンは優しかった。いつもニコニコして、自分の話を聞いてくれた。お母様が、生まれたばかりの妹にばっかりかまっててつまらなかったことも。お父様が、畑帰りに泥だらけで部屋に入ってきて大切にしてたぬいぐるみを汚してしまったことも。妹のクロエが、お姉さまお姉さまと自分の後を追いかけてきて鬱陶しくて怒ったら泣いちゃって自分も一緒になって泣いちゃったことも。

お母様が亡くなった時も。

さびしい、さみしい、さびしくてつらい、どうしてこんなことになったんだろう、お母様に会いたい、ひどいことを言ったのを謝りたい、クロエとも仲良くする、だから会いたい、ぎゅってしてほしい、天神さまはどうして連れて行ってしまたったの、会いたい、会いたい、ひとりぼっちにしないで――そんなことを泣きながら話した。ヴァンは、そうだね、と頷いた。

ヴァンはじっと話を聞いてくれた。

何度も話して、何度も泣いた。何日も何日もそうした。同じことを繰り返した。同じことにヴァンを付き合わせた。

一年が経って、ようやく、心のぽっかりとした穴に、少しだけ、かさぶたみたいに膜が張り始めた頃。

ふと、ヴァンを『すごい』と思った。

あの子は同い年で、お母様が最初からいないのに、どうしてあんなに優しく笑えるんだろう。

神父様だって、ほんとうのお父様じゃない。『自分だけの父親』じゃない。

ひとりぼっちなのは、あの子の方なのに。

自分には血のつながったお父様がいる。妹のクロエがいる。王都の貴族に比べれば少ないけれど、使用人だっている。お母様に会えなくなってしまったのは辛いけど、ひとりじゃない。ひとりぼっちじゃない。

ほんとうにひとりぼっちなのは、ヴァンの方なのに。

どうしてあんなに、自分の話を聞いてくれたのだろう。

どうしてあんなに——強いのだろう。

☆　☆　☆　☆　☆　☆

ルミナは、はじめて会った時から、すごい子だった。

……とヴァンは思う。自分が覚えている最古の記憶は、神父であるお父さんに抱き上げられて、ガーランドで一番大きな山の頂上から見た景色だ。お父さんが「あそこが私たちの村ですよ」と自分にはまるで区別のつかない森を指さしていたことを覚えている。

その次は、ルミナとはじめて会った時の記憶だ。嘘みたいに綺麗な髪と、星みたいに綺麗な目をした、男の子だと思った。だって、髪も短ったし、ものすごくやんちゃだったから。自分が誰に対しても「ちゃん」付けで呼ぶ癖があったことを、今になって良かったと強く思う。ぜったいルミナには秘密だけど。

　領主さまに連れられてきた彼女と一緒に勉強をすることになった。ルミナは一年遅れているはずなのに、少し質問しただけで、あっという間に自分を追い抜いてしまった。お勉強の後の鬼ごっこも、無意識に魔力を使っていたようで、大人よりも速く走っていた。誰も彼女に追いつけなかった。結局、ルミナが鬼になったのは、自分がはじめてタッチしたあの時だけだったと思う。

　あいつは昔から、なんでも出来るやつだった。

　学問もそうだけど、運動のセンスもあり、なによりも魔力がヤバい。

　教会では、子供たちは勉強の後に、魔術と剣術の訓練をする。きついけど、楽しい時間だ。

　剣術の訓練では、素振りをしたり、型を覚えたり、試合をしたり。

　魔術の訓練では、魔導書を読んだり、瞑想したり、実技をしたり。

　ルミナはそこでも、あっという間に自分に追いついた。いや、魔術に関して言えば、はじめから勝負にならなかった。

　『生活魔術』というものがある。文字通り、生活のための魔術だ。人類種族なら誰でも使うことができるし、誰もがその恩恵にあずかっている。

　より正確に言えば、魔術を封じ込めた『魔石』の恩恵に、だ。

　この大陸では、魔石は非常にポピュラーな道具であり消耗品だ。生命線と言ってもいい。学者の間では『魔石文明』と称されるくらい、人々は魔石に頼って生きている。

　何でもできるのだ。

火も起こせるし、水も生み出せる。風を吹かせることも、土を動かすことも。

灯りを付けることも、のどを潤すことも、洗濯することも、暑さを和らげることも、寒さをしのぐことも、みな魔術および魔石のおかげでできている。人々の生活を支える基盤だ。

そんな生活魔術は誰でも使えるが、戦闘魔術となると使える者は限られてくる。

世間一般で『魔術』と呼ばれるのは、主に後者だ。教会ではこちらも習う。

これは本人も知らなかった事実だが、ルミナは魔術の天才だった。

訓練では、瞑想・座学・実技を順番に繰り返していく。

瞑想は、体の中に流れる魔力を感じ、魔力の絶対量を増やすために行われる。だがルミナはもともと『なんとなく』で魔力を感じ取っており、身体強化に用いていた。自分が一年間毎日瞑想を続けてようやく魔力の流れの端っこを掴んだのに、あいつは生まれた時から出来ていた。

座学で魔導書を読めば一回で覚えて、すぐに実技でやってみせた。そして一回やってみれば、魔導書に記されている方法よりも効率の良いやり方を見つけて、それを神父（せんせい）や自分たちに教えてくれるのだ。彼女の見つけた方法は、今までよりも少ない魔力で、より大きな効果を発揮した。

そして――改めて言う。魔力がヤバい。

とてつもなく多い。

常人を十とするならば、ルミナは万を超える。

異常だ。

あのお嬢様は、教会に来るまでほとんど怪我をしたことが無かった、という噂も頷ける話だ。

木登りで足を滑らせて5メートルの高さから落ちた時も、たんこぶだけで済んだという。魔力防御を無意識に展開しているおかげで、とにかく頑丈なのだった。まぁ、それでも大泣きしたらしいけど。

その莫大な魔力量は、瞑想をすれば、眩いほど光り輝く。

光と名付けられたのも、正しいと思った。

ルミナは間違いなく、自分のライバルであり、憧れでもあった。

あの日、出会った時も。

あの日、別れた後も。

☆　☆　☆　☆　☆　☆　☆

「やっぱりルミナはすげー！」

歓声が沸いた。

教会の裏にある訓練場で、木のテーブルの上に桶を置き、初めて魔術を習う五歳児たちに交じって、うんうん唸っていたヴァン七歳が顔を上げて見ると、すぐに理由はわかった。

的代わりに置かれた土人形のどてっぱらに、水の魔術で穿たれた、それはそれは綺麗な丸い穴が星座のように七つ開いていていた。

魔術で水を生成し杭の形に固めて50メートル先の固い土人形に穴を開けるのは大人だって難し

い所業だし、そのうえ複数の水弾を同時に発射して狙い通りに命中させるのは現役の王国魔術師ですら困難だろう。

それを軽くこなした七歳になったばかりの少女は、周囲で同じく魔術の授業を受けている教会の兄弟(こども)たちの勝算を浴びながら、長く青みがかった美しい銀髪をさらりとかきあげてからわざわざヴァンを振り返って、

「ぶい」

と金色の瞳を輝かせて得意げに指を立てた。

すごい、とヴァンは素直に思った。

お嬢様は、ふんふん、とご機嫌な様子で、ヴァンのところに歩いてきては、

「どう？　すごいでしょ！」

満面の笑み。

「うん、ルミナはすごい」

「ヴァンはまだできないの？」

「なかなかむつかしい」

苦戦している。それはもう、めちゃくちゃ苦戦している。魔術を習い初めて二年になるのに、初歩の魔術がまだ一度も成功していないのだ。

すこし、焦る。

ルミナはもうあんな魔術を使えるようになっている。こっちはまだ水の玉を出すことだってで

きていない。今だって、神父様に何度も何度も習った詠唱と魔力操作を必死にやっている。自分の方が先に魔術を習い始めて、自分の方が先に七歳になったのに。

「ヴァンお兄ちゃん、見て見て、できたよ！」

隣で一緒に練習していた五歳の女の子――クロエが、こぶし大の水たまりを空中に出現させて喜んでいる。ヴァンはちっとも出来ないが、妹分は可愛いので偉い偉いと褒めてやる。ルミナの妹だけど、ここに通っているならみんな兄弟だから、自分の妹でもある。

「そーかー、クロエはすごいなー」

ルミナが横から、

「クロエすごい！　さすが私の妹。お母様の娘だね。えらいえらい。撫でてあげる」

「やったぁ！　えへへ、お姉ちゃんありがとう！　もきゅー」

姉妹が仲良しで嬉しい。お母さんを亡くした時は、すごく落ち込んでいたから。

とはいえ、年下の子に負けてるのは悔しい。自分も負けてはいられない。

「待っててルミナ、ぜったいに追いつくからね！」

ルミナは面白そうな顔をしたが、無理でしょ、とは言わなかった。

その代わり、楽しそうに聞き返してきた。

「追いついて、その後は？」

「決まってるじゃん――双聖騎士になる！」

「私が先になるんだよ？」

「一緒になればいいじゃない。双聖騎士(ディオスクロイ)は二人なんだから」

「なれるかなぁ？　戦闘魔術を使う『魔術師』の頂点だよ？」

ルミナは本当に楽しそうに訊いてくる。まるでヴァンを試すかのように。その意志が変わっていないことを確認するかのように。

「王国魔術騎士団に入って、剣聖になって、王様に推薦されて、天神様に選ばれて、天神様に仕える、魔術師の最上位の二人組なんだよ？　本当になれるかなぁ？」

「ぼくたちならなれるよ！」

無邪気に言うヴァンに、

「……うん」

噛みしめるように、少しだけ嬉しそうに、ルミナが呟いた。

「なれるかもね。ヴァンとなら」

そういえば、と思い出したように続ける。

「いま双聖騎士(ディオスクロイ)はお一人しかいらっしゃらないんだっけ」

「ぼくらが生まれる前にお一人になったって、授業で習ったよ」

天神は空いた枠を埋めていない。有力候補を見定めていらっしゃる、というのが神の言葉を代弁する神官の説明だ。

ルミナは自信ありげに笑って、

「じゃあやっぱり競争。私が先になっちゃうから」

「ま、負けないぞ！」

「ふふふ。ヴァンはまず、お水を出すところからだね」

「がんばる！」

「早くしないと置いてっちゃうぞー」

「すぐ追いつく！」

「じゃ、私は次の魔術やろーっと！」

ルミナは楽しそうに笑うと、風のように走っていく。『なんとなく』ではなく、ちゃんと覚えた身体強化魔術を使って、大人の男よりも速く駆けていく。

誰よりも速く。

ルミナはいつだってそうなのだ。

「……遠いなぁ」

土人形の下まで颯爽と駆けて行き、自分の開けた穴をしげしげと眺めるルミナを見て、ヴァンは無意識にそう呟いた。それから椅子に座り直すと、ゆっくりと深呼吸する。

水の魔術をもう一度やろう。集中、集中。ボールを掴むように手を広げ、目をつぶって、体の中に流れる血を想像する。体の中に流れる魔力をイメージする。大気に満ちる魔素(マナ)と同調する。

胸の内で精霊に呼びかける。水が固まる様子を思い描く。

脳はいつだって極小の天体であり世界だ。天におわす我らが神、この世界を創造した七柱の女神プレアデスと、彼女らの眷属である天神、そして肉の身体を持たない精霊たちの力を借りて、己の魔力を差し出し、この虚空に本来あるはずのない物を生み出す。

「――水よ（エイ・アクア）」

両手の間に、ほんのりと暖かい感触がした。詠唱に、ヴァンの魔力が反応している。

いいぞ、と思う。もう少し、もう少し。しゅるしゅる、と耳では聞こえない音が体の内側から感じ取れる。魔素（マナ）が渦を巻いている。マイヤ様、エレクトラー様、タユゲテー様、アルキュオネー様、ケライノー様、ステロペー様、そしてメロペー様。我が母なる七女神様。どうか自分に、奇跡をお与えください。両手から、身体の力がごっそりと抜かれていく感覚がした。

疲労感を覚えながら、ゆっくりと目を開ける。

水が。

爪の先ほどの水滴が、ヴァンの両手の平の間で、ふるふると浮いていた。

「やっ――」

記憶はそこまでだった。

ヴァンの目がぐるんと回る。ぽたりと太ももに作ったばかりの水滴が落ちる。それを追うようにしてヴァンの首がかしぎ、身体がゆっくりとくの字に折れて、前のめりに椅子から転げ落ちていく。怪我をしなかったのは日頃の訓練の賜物だった。

意識がないにも拘わらず、ヴァンの身体は反射的かつ自動的に受け身を取って、実に綺麗に、音もなく着地した。あまりにも見事だったので、周りにいた誰も魔力切れで失神したと気付かなかった。クロエが横で、

「ヴァンお兄ちゃん、お昼寝してるの？」

と、水たまりをヴァンの頭に落とすのは、それから五分後のことだった。

五歳児でも出来る魔術を行使して、全魔力を消費し、四日間の寝たきり生活を送った。

☆　☆　☆　☆　☆　☆　☆

どうやら自分には魔術の才能がないらしい。

そうヴァンが気付いたのは、八歳になった頃だった。

魔術訓練では、ヴァンは魔術でルミナに勝てない。足元にも及ばない。それどころか、年下のクロエや、他の子供たちにも追い越された。

魔力はほとんど無く、魔力を操る技術――魔術も下手。

常人の魔力量を十とするならば、ヴァンは一だった。

ルミナやクロエみたいに水を固定したり飛ばしたりできない。

ショックだった。

ルミナが教会よりも大きな土の壁を作り出してドヤ顔でピースしているのが、たまらなく悔しかった。

「ヴァンはどうしてできないの？」

「……。ぼくが知りたいよ」

その夜は、神父様（おとうさん）に抱き着いて泣いた。

とはいえだ。ヴァンとて負けっぱなしではない。

教会の裏にある訓練場。相対する二人のこども。

3メートルほど距離を開けて、木剣を正眼に構えたルミナが、すすすっと間合いを詰めてくる。綺麗な足運びだ。ルミナは常時身体強化されているから、動きがとても素早い。パワーも大人以上にある。でも、それで勝てるほど剣術は甘くはないのです、とヴァンは思った。ルミナが間合いに入り、

「やあっ！」

勢いとパワーに任せた子供とは思えない恐るべき一刀が振られる。頭に当たったらスイカみたいにぱっかり割れると思う。けれど怖くない。神父様（おとうさん）の防御魔術が掛けられているし、そもそも当たらないから。

「えいっ！」

怖くなければ前に出られる。一歩踏み出して左に躱しながら、木剣を左下から右上へ振るった。逆袈裟切り。ヴァンの目には、ルミナの右腰から左肩に掛けてばっさりと斬られる線が見えた。実際には、ルミナの腰に当たったところで木剣は止まっている。彼女自身の防御魔術を、ヴァンはまだ破れない。

だがそれでも、試合はヴァンの勝ちだ。

「勝負あり。二人とも、相手の意識を観察した、よい動きでした。上達していますね」

神父様（おとうさん）がニコニコしながら褒めてくれた。二人のこどもは、かたや嬉しそうに、かたや悔しさを隠した涼しい顔で、元気に返事をする。

「「はいっ！」」

「では次は、クロエと私ですね。ゆっくりやりますよ」

「ひゃいっ！」

場所を開けて隅っこに移動してから、隣をちらりと見る。ぐぬぬ、という顔をしたルミナがヴァンを悔しそうに睨んでいた。

「……ヴァンはすごい」

「ありがと、ルミナ」

これで「いやルミナも強いよ」と言い出すと喧嘩になることはすでに経験済みだ。

魔術では勝てないが、剣術ではルミナに負けなかった。こいつは決して弱くない。ヴァン以外には負けない。けれど、自分はルミナに負け越したことはない。

「私は魔術で素早くなってるはずなのに、なんで素のヴァンに当たらないのかな」

「ルミナは気配が読みやすいから」

「気配ってなに？」

改めて言われてみると、よくわからない。

「なんだろう……。魔素（マナ）の流れかな……」

ぼんやりと考えながら答えたら、ルミナがドン引きした。え、なに。

「ヴァン、魔術は下手なのに、剣術になると魔素が読めるの……？」

下手は余計だと思います。

「こう、向き合ってるじゃない？　すると何となく、ルミナが次に何をするのかわかるんだ」

「……へんたいだ」

「ルミナに言われたくないよ」

その後、その場で何度か打ち合う素振りで教えて、だんだん熱くなって、第二ラウンドが始まったりした。

二人で双聖騎士になる。

出会った日に交わした、ただの夢に過ぎなかったあの会話を、二人のこどもが『必然』と思い始めたのは、この頃だった。

ただ、毎日が楽しかった。

☆　☆　☆　☆　☆　☆　☆

教会の裏には訓練用の空き地がある。十歳ともなると「それは空き地じゃなくて訓練所なのでは？」とヴァンも思ったが、神父は頑なに「あれは空き地なのです」と譲らないので、そういうものかと思っている。

少し大人びてきたルミナは「修練場だよね」と言っており、だんだん顔の形が姉に似てきたクロエは「おけいこば」と言っているが、ともかくその広場の奥には、ひとの手が入っていない森があり、さらにその奥には、明らかにひとの手が入っていた形跡のある小さな建物がある。

祠だ。

木と石で出来たそれは、十歳の少年少女の背丈と同じくらいの高さで、しめ縄によって封印されていた。もう何十年も前からそこにあったかのような厳かで重厚な存在感を示しているのは、「苔や蔦に覆われているから」という理由だけではないだろう。

何かが在る。

何かが居る。

何かが棲んでいる。しめ縄で封印された祠の中には、天神様のどなたがか祀られているのではないか。

教会の周囲は遊びつくしたと思っていたのに、森の奥深くまで入ったら今まで見たことも無い面白そうなオブジェクトを偶然にも発見したこどもが三人。

開けるしかないでしょ、とルミナは思った。

ルミナを止めなければ、とヴァンは思った。

怖いからもう帰りたい、とクロエは思った。

まだそのときではない、とある神は思った。

『ヴァンか、何をしておる』

低い、女性の声だった。聞き覚えのあるそれに、少年が振り返る。

「シロ！」

真っ白な狼が、いつの間にか三人のすぐそばにいた。目は金色で、撫でると気持ちよさそうなふさふさな毛で、額には太陽のような赤い模様があり、気難しそうなおじいさんみたいな雰囲気を醸し出している。

気難しそうなおじいさんみたいな雰囲気を醸し出しているにも拘わらず、ヴァンは自分の身体くらい大きなその狼に近づいて、笑顔で話しかけた。

「パトロールしてたの？」

『まぁの。どうにも嫌な気配がするのでな。お前も気を付けい。人間はすぐ死ぬからの』

「狼よりは長生きすると思うけど？」

『ワシはただの狼ではないと何度言えばわかるんじゃ』

「もっふもふじゃん」

『やめい。気安く撫でるでない』

一緒にいたルミナが不思議そうに、

「ヴァン、その……狼？　はどちらさま？」

「ああ、シロだよ。森に住んでるんだ。ともだち。シロ、ルミナとクロエだよ。ルミナはお姉さんで、クロエは妹」

「なんて雑な説明……。話せるの？」

ヴァンがシロを振り返り、

「話せるよ、ね？」

『いや、会話が出来るのはお前とだけじゃ』

「なんでさ。ひとみしり？」

『ワシと話せるお前がおかしいんじゃ』

ルミナとクロエを振り返り、

「ぼくがおかしいって」

「そうかも」

「そうかも」

『ほれみたことか』

ヴァンは気にしないのである。

「でも触れるよ。もっふもふだよ。ほら、二人も触ってごらんよ」

クロエが怯えながら、

「か、かまない……？」

「噛まないよ。ね？」

シロの首に抱き着くようにして、ヴァンがわしわしと撫でる。シロは黙ってされるがままだ。

『好きにせい。まったく、こどもという生き物は……まったく』

「シロ、よろしくね」

「クロエです。よろしくおねがいします。わ、もふもふ。きもちいい」

こうして三人のこどもは、一匹の神狼とともだちになった。

『良いか、小僧ども。この数ひゃ』

「小僧って久しぶりに聞いた！　去年亡くなったジム爺ちゃんによく小僧って言われたっけ」

「ジムさん、ヴァンを可愛がっていたものね」

「ジムお爺ちゃん、よくお菓子くれた……」

『話を聞かんか』

「わ、甘噛み！」

「頭から行ったね」

「お面みたい」

額をかじられているヴァンは、白狼のお鼻を撫でながら謝る。

「うん、ごめん、なぁに？」

『この数百年、起きなかったことが起きておる。特にそこの娘、気を付けよ』

「娘？」

『魔力量が天神クラスじゃ。よいか、ヴァン。くれぐれも目を離すでないぞ』

「よくわからないけど、ルミナとクロエから目を離さないようにするよ」

頭をかじられたままヴァンが答えた。

「…………」

「…………」

頭をかじられているので、ルミナとクロエが沈黙したまま少し頬を赤らめているのは見えていない。

『わかったら立ち去れ。この祠は天神を祭るものじゃ。下手に開ければ罰が当たるぞ』

ヴァンが通訳。

「開けたら罰が当たるって」

「どんな？」

『虫歯ができてはちみつとパンケーキが食べられなくなる』

「「ヤダーッ！」」

やかましい。シロの耳がぺたりと畳まれた。

『こどもはそろそろ帰れ。じきに日が落ちる』

気が付けば、木々の隙間に太陽が降りてきている。いくらヴァンたち教会のこどもにとって森が庭とはいえ、真っ暗のなか歩くのは危ない。

「うん、また来るね、シロ」

『来んでいいわ』

「うん。掃除しに来る。じゃあねー」

話を聞いていないのか、聴いたうえで言っているのか――たぶん後者だと思うが――ヴァンは手を振りながら二人の娘を連れて帰って行った。

子供らが見えなくなったのを見届けて、やれやれ、と神狼は嘆息する。

——神を殺した剣。神刀を祀る祠。数世代前の双聖騎士（ディオスクロイ）の愛刀……。まさか嗅ぎつけるとはのう。

この祠は、教会の裏には無い。ここは現世とは薄皮一枚向こう側にある、幽世（かくりよ）だ。

——たまたま流れ着いたか、あるいはあの三人のうち誰かに資格があったのか……。

神狼は祠を振り返って、ふむ、と考える。

きっかり五秒ほど思考して——そして結論を放棄した。

——まぁ、人類種族（ヒト）の子らがどうなろうと、ワシの知ったことではないな。

たかだか数十年の寿命しかない、定命の者たちだ。

——ジムが逝ったか。

これまで何度も見送ってきた子らをふと思い出し、誰も見ていない、ただ一人の場所で、わふう、と寂しそうに鳴いた。

☆　☆　☆　☆　☆　☆

マイア歴７９９年、２月。

ヴァンの十一歳の誕生日が、ガーランド教会の住居部リビングでささやかに行われた。

教会を預かる神父アルベルト・ローサは、テーブルに着いた十四人の子供たちの前で、七女神（プレアデス）に今日という祝福された日を迎えられた感謝を伝え、ヴァンという素晴らしい人間（こども）がその日々を喜びと希望と暖かさで満たしてくださいますように、と祈りを捧げた。

「おめでとう、ヴァン。大きくなりましたね」

「父さん、ありがとう！　でも毎年それ言ってるよ？」

ははは、と微笑む可愛い息子。目に入れたとしても痛くないだろう。彼の誕生日は定かではない。十一年前の五月のあの日、教会の前に安置されていた、推定生後三か月の赤子をアルベルトは教会で預かることにした。領主と相談し、赤子をヴァンと名付けた。それから、彼を育て、時には叱り、その成長を見守ってきた。

この子は本当に、いい子に育ってくれた。

「毎年大きくなれるのは、とても良いことです」

するとヴァンは、はっとして、

「そっか……。そうだよね。大きくなれなかった子もたくさんいたもんね」

十一歳になるまでに命を落としてしまった兄弟たちのことを思い出しているのだろう。ヴァンは表情を暗くした。その優しさと賢さに嬉しくなると同時に、いけない、と思う。今日はこの子を祝う日だ。しかし、

「みんなの分も、俺が精いっぱい生きるよ！」

にっこり微笑んで、まっすぐにそう言った。

神父にはその微笑みが、太陽のように輝いて見えた。


同年、５月。

ルミナの十一歳の誕生日が、ガーランド領主居城で盛大に行われた。

いや、訂正する。

比較的、可能な限り、盛大に行われた。

王都から招待された貴族の皆々様は、地方独特（いなかもの）のホームパーティーのようなそれに文句ひとつ言わなかった。ガーランド領主の人徳のなせるものだろう。

古いだけが取り柄のガーランド城のホールにて、ガーランド領主は、集まった貴族と領民の前で、神聖プレイアデス王国国王陛下と七女神（プレアデス）に感謝を伝え、ルミナという素晴らしい人間（こども）がその日々を喜びと希望と暖かさで満たしてくださいますように、と祈りを捧げた。

「祝福を、ルミナ。十一歳の誕生日を、おめでとう」

「ありがとうございます、お父様」

ホールを拍手と喝采が埋め尽くした。

「おめでとうございます、お嬢様！」

「ルミナ様、おめでとうございます」

「亡くなられたお母様によく似ておいでだ」

「ガーランド領も、将来安泰ですな」

大人っぽい赤いドレスに身を包んだルミナはレディとして一礼し、客人たちに集まってくださった感謝を述べ、そして宣言する。

「私は恵まれて育ちました。この爵位も、領地も、そして魔力も、すべて生まれ持って七女神（プレアデス）から頂いたものです。私はこの力を、領民と、王国のために使います。どうか皆様、私とガーランドの、良き友人でいてくださいませ」

再び、ホールに拍手と喝采が沸いた。ルミナの父親は娘の突然の演説に感激し泣いている。

「あのお転婆が……こんなに立派になって……！」

うっかりルミナの大切なぬいぐるみを泥だらけにしたら、泣きわめいた娘が寝室を吹き飛ばすほどの魔術砲撃をぶちかましたのを昨日のことのように思い出す。

「アルベルトに預けて正解だったな……」

客人たちに挨拶をして回るルミナの背中を見て、ガーランド領主はうんうんと頷いた。

☆　☆　☆　☆　☆　☆　☆

その次の年。

マイア歴８００年、５月。

ヴァン、十二歳。

右の太刀が来る。

向かい合う相手（ルミナ）は、ヴァンと同じ身長１５０センチで、ヴァンより体格は細めなのに、魔術強化された肉体の動きは素早くパワーがある、昔からほんと反則みたいなやつである。

変わってない。

だが、どうやら自分には魔術の才能がないらしいと気付いた八歳の頃から、剣術でルミナに負け越したことはない。そのうち、ヴァンは布を顔に巻いた目隠しの状態で他の子と試合をするよう神父に命じられ、相手がルミナでもそれは同じだった。ルミナは面白くなさそうな顔をしていたが異を唱えることはしなかった。それは決して殊勝な心境ではなく、勝負でわからせてやろうというつもりだったに違いない。目隠しで行った最初の試合で、王都での他流試合で盗んできた見知らぬ技をいきなり使ってくるくらいだ。

魔術射撃をするにも近接攻撃をするにも中途半端な距離からルミナが真っすぐ突っ込んでくる。これが『何でもあり』の総合戦なら3メートルの距離だろうが0センチの肉薄した状態だろうが風の矢や氷の弾を撃ち込んでくるルミナに圧倒されただろうが、『攻撃魔術なし』のルールである以上はヴァンに分があった。父のいう『実戦』では魔素に干渉する攻撃魔術が封じられる機会も多々あるようで、使えるのは己の内で完結する強化魔術と、それを使った得物と、己の肉体のみ。この通称『実剣ルール』がポピュラーなのは、一時期、王都に雨後の筍のようにぼこすかと剣術道場が建ったことが証明している。

ヴァンは目隠しのままルミナに勝ち、彼女の涼しそうな顔を近接で目視した。

「やっぱりヴァンはすごい」

変わったなぁと思うのは、ルミナがあの赤いドレスを着た頃からたった一年でめちゃくちゃ綺麗になったのと、「ぐぬぬ」という顔をしなくなったことだ。

「髪、伸ばしたままなの？」

いつものように場所を開けて、隅っこの寄る。教会の子供たちは、八人減り、五人増えた。いまはヴァンとルミナが最年長だ。

「邪魔かな？」

後ろにまとめた長い銀髪を、くねくねと弄るルミナ。

「ルミナならすぐ慣れるでしょ」

「にあう？」

「？　なにが？」

「長い髪。お母さまみたいに伸ばそうって思ったの」

まとめた髪を解くと、ルミナは大人の女のひとみたいだ、とヴァンは思った。

そのまま口にした。

「……よかった」

ルミナがそっぽを向いたので、その頬が赤らんでいるのはヴァンには見えない。

ただ、一緒に動いた銀髪が、天の川みたいに流れて綺麗だと、ヴァンは思った。

そのまま口にした。

「………………」

ルミナは完全に沈黙した。

ヴァンの勝利だった。

☆

そろそろ祠を掃除しようと思ったのは、特に理由があったわけではない。

最後に祠へ行ったのは一年ほど前だったし、最近はシロもめったに見ないので、荒れ果てているのではないかと思ったのだ。そんな、ちょっとした思い付きに過ぎなかった。

祠へ辿り着けるのはどうやら特定の時だけらしく、ヴァンはそれを『縁があった日』と言っていた。ひとりで行くこともあれば、ルミナやクロエと一緒に行くこともあった。

あの日は、クロエは来なかった。

来なくて良かったと思う。

いや、決して、あの祠のせいでは無かったとヴァンは思っている。確かにあの場所は自分たちが住む世界とは異なっており、それをシロは幽世と呼び、神父は異界と呼んだ。だからと言って魔を呼び込む性質のものではなかったはずだ。なぜならあの祠に祀られていたのは、他ならぬ『魔を断つ』神剣であったのだから。

強いて言うならば、あの場所。あの深い森。人里を離れ、教会の神域からも離れ、異界化しやすくなったあの地。

ガーランドを覆う瘴気は年々濃くなっており、教会でも五人が死んだ。あの日に限って神父はガーランド城へ行っており、あの日に限ってルミナも付いてきた。

だから強いて言うならば、より正確に言うならば、自分のせいなのだと、ヴァンは思っている。

もちろんそれは正解ではない。彼の者に悪意があったことは疑いようがなく、十二歳になったばかりの子供はその犠牲になったのだ。

ただ——この日以降、神父は、十三歳から始めていた低級ダンジョンでの実戦訓練を、各々の適正に合わせて十一歳からに早めると決定した。

実戦。つまり、命のやり取り。

敵を、殺すこと。

敵から、殺意を向けられること。

神父(おのれ)の目が届く範囲で、神父(おのれ)の剣が届く範囲で、子供たちにその一端を体験させようと神父は考えた。それはどこへ行っても生きていけるように。たとえ独りでも生きていけるように。守りたい誰かを守れるように。

十三歳からでは遅かった。あの二人なら、もっと早くに実戦の経験を積ませるべきだった。


祠からの帰り道、シロにも結局会えずに帰路に就いたが、いつの間にか森は霧に包まれている。

辺りは暗く、夜のようだ。鳥の声が消えている。代わりに、得体の知れない獣の嗤う声が聞こえてくる——囲まれている。

怖い。

足から力が抜けていく感覚があった。心臓は高鳴るどころか、小さく遠い響きになっていく。

自分がここにいないような錯覚は現実を拒否しているのだろうか。丹田が氷の枕になったみたいに、体の芯から冷え切っていく。手が震え、膝が震え、今にもしりもちをつきそうになり、

「……ヴァン?」

服の裾を引いてくるルミナの声が、震えているように聞こえた。

その声で、なんとか踏み止まることができた。

キィキィ、という声はどんどん増えていく。よだれをすする音、牙をかき鳴らす音、草むらを踏みしめる足音……。

周囲を見渡しながら、囁く。

「ルミナ……武器、あるか?」

ルミナなら、ルミナの魔術なら、そんじょそこらの魔物にだって負けやしないはずだった。

「ねぇ、周り、周りに、たくさん、ねぇ、ヴァン……!」

「武器だ、ルミナ。なにか持ってないか」

「ああ、あああっ……、魔物……。どうしよう、どうしようヴァン、私たち、もう……」

ダメだ。

ルミナはもうダメだ。

この子はもう戦えない。この異界と魔物どものもが放つ恐怖に飲まれてしまっている。膝が折れ、へたりこみ、ヴァンの裾を迷子の子供みたいにぎゅっと握りしめている。自分は丸腰だ。木剣すら持っていない。魔物どもは姿を見せずに、しかしゆっくりと包囲を狭めてくる。群れのボスで

も待っているのか。どちらにせよこのままじゃ殺される。

ルミナの手が裾を掴んでいる。

ダメだ。

ルミナだけは守らないと。

ヴァン、とか細い声がする。振り返って、彼女の手を上から握りしめる。膝をつき、ルミナと目線を合わせると、まだ襲われてもいないのに滂沱の涙を流しているのがはっきりと見える。ルミナの頬を強くつかんだ。

「俺に剣をくれ、ルミナ」

「けん……？」

「氷で剣を作ってくれ。ルミナならできるだろ」

ルミナは過呼吸になりながらも、応える。

「でも、それじゃ、ヴァンの手が、凍っちゃう」

「わかってる。お前の氷はすごく冷たいから。でも大丈夫だ。後でお前が温めてくれるだろ？」

「うん、温める、温めるけど、でも、ヴァン」

自分でもどうしてこんなに冷静なのか、わからなかった。いや、とっくに正気を失っていたのかもしれない。ただ目の前にやるべきことがあった。

「大丈夫だ、大丈夫――」

ルミナの手を握り、そう言い聞かせる。彼女は、はぁ、はぁ、と荒い息を吐きながら、魔力を整えようと試みる。しかしうまくいかない。ルミナの胸の前で魔素（マナ）が渦を巻いては、すぐに散ってしまう。異界のせいでもあり、ルミナの集中力が続かないせいでもあった。

「ごめ、ごめんなさい、ヴァン……！　どうして、なんで、いつもできてるのに、こわい、こわいよ、ヴァン………ああっ！」

　ヴァンの背後を見て、ルミナが悲鳴を上げた。ボスを待ちきれなくなったのか、逸った魔物が一匹、囲いから飛び出してきた。ギギィ、と耳障りな声を上げて突っ込んでくる。姿は真っ黒いゴブリンといった風情で、手に汚れたブロードソードを持ち、鋭い牙をむき出しにした、身長1メートル程度の、二足歩行の小型モンスターだった。

　死ぬ、とルミナは思った。ヴァンが死んじゃう。私も一緒に殺される。けれど身体が動かなかった。魔術で縛られたみたいに。本当は魔術なんてぜんぜん掛かってないってわかってるのに。心の方が体を縛り付けていた。

　死ぬ、ともヴァンは思わなかった。頭は真っ白になって、何も考えていなかった。ただ身体が自動的に動いていた。何百、何千、何万回と繰り返した動作を勝手に行っていた。何百、何千、何万時間を費やした修行の成果は、決して裏切らない武器としてヴァンの身に宿っていた。

　ルミナの掌を握っていた己の両手を離し、振り返りながらいっそゆっくりと立ち上がる。両腕はだらんと脱力し、向かってくる黒ゴブリンとルミナを結ぶ線の真ん中に半歩踏み込む。黒ゴブリンの間合いに入った。

　やみくもに走ってくる敵は止まることはもちろん牽制のけの字すら知るまい。魔物はあと二歩進んだらブロードソードを振り下ろすつもりだったに違いないが二度とその機会は訪れない。ゴブリンの目の前には、ヴァンの顔がある。独特の歩法で黒ゴブリンとの間合いを一気に詰めたヴァンが、魔物の振りかぶったままの右腕を握った。

折る。

こきん、と赤子の手をひねるよりも軽いであろう音がした。後方でその一部始終を呆然と眺めていたルミナの耳にその音が届いた時にはもう、ヴァンは黒ゴブリンから奪い取った剣を逆手に返して、魔物の胸を背中から貫いていた。

七天理心流ではこれを、『無刀取り』と呼ぶ。

ごぼり、と赤黒い血が悲鳴と共にモンスターの口から溢れる。まだ生きている。いや、わざと殺さなかったんだ、とルミナは思う。同時に、そうか、と思い至る。授業で習った知識を紐解く。

魔物は死んだら霧に帰り、魔石を落とす。

逆に、死ななければ、霧には帰らない。ヴァンが奪った武器も、消えない。

ヴァンは、ブロードソードをそのまま使いたいから、黒ゴブリンを瀕死のまま生かしておくつもりなのだ。なんのために？

「ルミナ」

初めての殺しによる興奮で握りしめた柄から指が離れないくせに、初めての実戦で力の加減がまるでできないくせに、ぶるぶると震えているのを隠して、ヴァンが不敵に笑う。

「こいつら、弱いぞ」

☆　☆　☆　☆　☆　☆　☆

ヴァンの言うことは正しかった。

異界で子供を狙ったその魔物たちは、たとえ背丈が同じくらいであろうとも、物心ついた頃から訓練と修行に明け暮れていたヴァンの敵ではなかった。

黒ゴブリンのブロードソードが折れれば、また別の敵から得物を奪う。

その得物が壊れれば、また別の武器を。

棒でも斧でも槍でも同じだった。

強い。ひとを一人守って戦ってるとは思えないほど、初陣とは思えないほどヴァンは強かった。

コボルドから奪ったダガーが折れたヴァンは、リビングメイルに飛び掛かりその面頬をかち上げ、真っ暗な兜の中にぽわりと浮く鬼火状の核に折れたダガーを死なない程度に突き刺して、仰向けに倒れてじたばたするそいつから長槍を頂いた。

そこからは無双状態だった。リビングメイルは王国軍初年兵が相手にするには荷が勝ちすぎる相手であり、その長槍は物質でいえば鋼鉄製のそれに等しく、生半可なことでは折れず曲がらず切られない。

そうでなくとも、長い得物に対してダガーやロングソードなどの片手武器で挑むには相手より一段か二段は技量が上でなければ勝負にならず、ルミナの前に立ってそれを自由自在に振り回すヴァンはこの場にいるどの存在よりも武器の扱いに長けている。

スライムがその液状性を存分に使って子供たちを飲み込むように体を広げて襲い掛かれば、彼は何の怯みもせずに液体膜の中心にある核に石突を当てて殺した。

スライムの特攻に合わせて反対側から踏み込んできたオークは、自慢の棍棒を振り下ろす前にヴァンの槍で首と体が泣き別れさせられた。

オークの首を刈った槍の穂先は勢いそのままに空中を滑り、ルミナの背後から飛び掛かってきたゴブリン二匹を斧ごと真っ二つにした。

たとえ震える子供を背にしても、たとえ三十を超える手勢が相手でも、ヴァンは傷一つ付けられずに魔物どもを葬っていく。モンスターにも恐怖心はあるようで、槍の間合いに入ることを躊躇って、ギィギィ、ギャアギャアと、喚いているだけの時間が長くなっていった。

「ふぅ――」

槍を構えるヴァンが息を吐く。その呼吸は乱れることを知らず、その技は敵を殺せば殺すほど冴え渡るように思えた。

一合交えるごとに強くなる。だがその『強くなる』本当の理由が、『ルミナを守る』という目的から来るものであることを悟った者は、この場にはまだいない。その者が来る時は間もなくだが、しかし『遅かった』と悔いることにもなる。

核――人間でいう心臓をダガーで半分にされ、じたばたと苦しんでいたリビングメイルが、ついに息を引き取った。鎧であるその身が霧に帰り、同時にヴァンの手にある長槍も石突から消え

ていき、

「オオオオオオオオオオオオオオオオオオオオオオオオオオオオオオオオッッ！」

　少年の、野獣のような雄たけびが響く。ヴァンの声であるとルミナにはどうしても理解できない。これまで静かに敵を殺してきた子供の突然の咆哮に、これまで静かに仲間を殺されて完全に怯み切った魔物どもは、一斉にその身を竦ませた。

　狙い通りだったらしい。

「逃げるぞルミナ！　囲みが開いた！」

　え、と声に出す暇もなくヴァンに抱え上げられる。彼は右肩にルミナを背負って脱兎のごとく駆け出した。敵は元より雑魚ども、統制の取れていない烏合の衆。素手で、さらには足手まといを背負った子供にも拘わらず、魔物たちは思わず身を引いてその道を開けた。ゴブリンのなかには悲鳴を上げた者さえいる。後ろで格下どもをけしかけていたシャーマンゴブリンが、魔物の言葉で何かを叫び、ヴァンたちを攻撃するよう命じているのを、後ろ向きに担がれたルミナはぼんやりと眺めていた。思わず足が泳ぐ。

「わっ、わぁっ！」

「舌噛むぞルミナ！　じたばたしちゃだめだ！」

　霧に囲まれた真っ暗な森を、後ろ向きに飛んでいるみたいだった。そして当然、

「て、てき、まもの、追ってくる！　こ、攻撃魔術、撃ってくる！　ゆ、弓も！」

「防いで撃ち返せ！」

――あ。

それはとても簡潔な言葉で、しかしとても適切な指示だった。

――そうだ。

「ルミナならできる！」

――私なら、それができる。

ルミナの視界、上方向から、矢と弾の雨が降ってきた。それはゴブリンやコボルドの玩具みたいな弓が放ったへろへろの矢であり、ゴブリンシャーマンやメイジゴーストが撃ったひょろひょろの氷弾であった。横合いからコウモリ系と鳥系の小型モンスターが飛んでくるのが見えた。

ルミナは胸の内で風の精霊に呼びかける。頭の中で詠唱を唱える。いつもみたいに省略しないで、基本通りに手順を踏む。集中、集中。ボールを掴むように手を広げ、目をつぶって、体の中に流れる血を想像する。体の中に流れる魔力をイメージする。大気に満ちる魔素（マナ）と同調する。異界（ここ）には魔素（マナ）が少ない。しかし脳はいつだって極小の天体であり世界だ。天におわす我らが神、この世界を創造した七柱の女神プレアデスと、彼女らの眷属である天神、そして肉の身体を持たない精霊たちはいつだって自分たちを見ている。その力を借りて、己の魔力を差し出し、この虚空に本来あるはずのない物を生み出す。魔素（マナ）がルミナに応えた。

「――風よ（エイ・ヴェント）」

簡素な馬小屋であればひとたまりもなく吹き飛ぶであろうほどの、暴風が起きた。

ルミナの視界が急に狭まった。先ほどまで見えていた魔物どもがことごとく小さくなっている。

矢も、弾も、羽を持った魔物どももも、どうも自分が吹き飛ばしたらしいが実感がない。ヴァンが楽しそうに叫ぶ。

「うわっ！　こっちまで飛ばされたっ！」

進行方向と逆に暴風を吹かせたものだから、ヴァンの背中を押したことにもなったらしい。

「できた、できたよ、ヴァン！」

「ああ……！　やっぱり、ルミナは、すごい……！」

「ヴァンのおかげ！　って、どうしたの……？」

「あれ……。なんか、へん、だ……」

走る足を緩め、立ち止まったヴァンが、がくりと膝をついた。自然と地面に下ろされたルミナが彼の顔を見る。凄い脂汗だった。

「どこか怪我したの!?」

流れ矢か、あるいは自分が見逃しただけで先ほどの包囲戦で負傷したのか。

「違う……。変だ……。いきが、しにくい……」

はっ、はっ、と苦しそうに胸を抑えるヴァン。それが異界に満ちた瘴気のせいであると、この時のルミナは気付かなかった。何もわからない。とにかく逃げなければいけない。

「ルミナ、逃げ、ろ……」

「そりゃ逃げるよ！　でもヴァンも一緒に行く！　掴まって、立って！」

立場が逆転した。呼吸困難に陥ったヴァンに肩を貸して、ルミナが立ち上がらせる。魔力で自然と身体強化されている自分はとても力持ちだ。十二歳の子供くらい片手でだって運べる。

「お、おひめさま、だっこ……」

「黙っててヴァン！　舌噛むよ！」

実戦では魔素に干渉する攻撃魔術が封じられる機会も多々あり、使えるのは己の内で完結する強化魔術と、それを使った得物と、己の肉体のみ。神父様の言った通りだとルミナは思った。

ここは魔素が薄いというか、遠い。さっきの風の魔術だって、本来なら馬小屋どころか教会だって吹き飛ばせる威力のはずなのだ。実際に一度吹き飛ばして、お父様から死ぬほどお説教を喰らったのだから。

足に力を込める。普段ならそれだけで魔力が勝手に補正するのに、ここでは意識的に魔術を流さないとヴァンを抱えて走れない。

――我が身は七女神と共に在り。我が心は天神と共に在り。我が命は星に授かりしものなり。我らは星に与えられ、星と共に生くる者なり……。

祝詞を必死に紡ぐ。教会で勉強しておいて良かったとこれほど感謝したことは無い。五歳のときに先生から貰った初級の教書を「出来るからいらない」と捨てようとして叱られたことを心から謝罪したい。単純な身体強化魔術ですら、初級教書の1ページ目に記された最初に習う祝詞を唱えなければ起動できない。普段なら、いつもなら、呼吸するように出来たことが、ここではできないのだ。

胸に抱くヴァンの呼吸が荒い。自分に流れる魔力を少しずつスライムのように伸ばして、彼を覆うように変化させた。すると、少しだけ楽になったように見えた。

――そのぶん、私の魔力が減りやすくなるけど……！

生まれて初めて覚える危機感だった。無限にあった水瓶の底が見えた気がした。急がなければ、と思えば思うほど減る量が早くなっていく。焦っちゃだめだと自分に言い聞かせる。これは戦いと同じ。ヴァンはいつだって冷静で、いつだって自然に、そうなるように、自分を倒していた。

ヴァンの動きを真似る。いつも通りに、彼を参考にする。『面白いことをしてやろう』なんて思わない。プレアデス様、七天の女神様、と呼びかける。どうか自分たちをお救いください。ルミナは疾走る。それは、森を駆ける魔犬よりも速く、木々を縫って飛ぶ魔鳥よりも鋭く。今の自分なら、きっとどんな魔物でも追いつけないと思う。

――『理』にかなった動きをする。『心』にゆるやかに保つ。川が『流』れるように自然と歩む。七天理心流とはそういう意味なのだと、ヴァンの精神をエミュレートしたルミナは悟った。

十分か、十五分か、それくらい進んだ時だった。

霧の向こうに二つの星が見えた。双子のような星だった。出口だとルミナは思った。

「ヴァン、見て！」

やっと帰れる。安心感と共に下を向いた。胸に抱いたヴァンはしかし、何かに気付いていた。まるで魚のようにヴァンが飛び跳ねる。その動きには見覚えがある。首根っこを掴まれて、足を空に泳がせたヴァンが自分の背中にぐるりと回り込み、荷重を掛けられたルミナはあっさりと転倒した。相手に怪我をさせない、上手い投げ方だった。ルミナはかろうじて受け身を取れた。

血しぶきが舞ったのが、大地で半分を占めた視界の上端に、見えた。

客観的に見れば、こういうことだったのだと思う。つまり――仰向けに倒れたルミナの上にヴァンが立ち、その胸を、光の槍が貫いた。

「ヴァンっ！」

そう、つまり。

ルミナを庇って、ヴァンが致命傷を負ったのだ。

☆　☆　☆　☆　☆　☆

「角を生やしたヒト型に出会ったら、まず逃げなさい」

いつだったか、いつもニコニコしている神父が珍しく真剣な表情でそう言ったのを、ルミナは思い出した。

教会では魔物についても教わる。当然だ。この王国に住む者たちにとって、少なくともこの村に住む者にとって、一番の脅威は魔物である。それは霊脈の流れる土地や、天神の去った迷宮に多く出現する、世界に満ちた魔素（マナ）のゆがみでもある。ルミナはそう教わったし、ルミナにそう教えた神父もまた、彼の師からそう教わっている。

「彼らは天神を憎み、そしてその子供である人類種族（ニンゲン）も憎んでいます」

自分たちを選ばなかった神々と、選ばれた兄弟である人類種族を、魔物は憎悪しているという。

霧の向こうからヒトが来る。

　地に倒れ伏したルミナからはそのヒトが良く見えない。ただ、頬に暖かい液体が落ちてきた。鉄臭いその液体が、ヴァンの血潮であると信じたくない。

「逃げろ、ルミナ……」

　数刻前と同じ言葉を彼は口にした。

「ヴァン！」

　泣くように叫んだ。膝をついたヴァンと入れ替わるように立ち上がる。傷を見る。痛々しいほど深いそれに、思わず口を押さえる。ヴァンの胸元。服は焼き焦がれ、肌はただれ、肉が見え、骨が溶けている。こぶし大の穴が開いている。

「待って、すぐに……！」

　治療魔術を唱えるルミナの脳裏に、神父の講義が蘇る。

　魔物は力が増せば増すほど、神に近付けば近付くほど、ヒトの形を取る。なぜなら、天神は自分たちに似せて人間を作ったから。魔物もまた、神に似るというのだ。それを神父は『魔族』と称した。

　霧の向こうからヒトが来る。

　ようやく魔術が起動して、ヴァンの胸元に掲げたルミナの掌が淡く光る。

　霧の向こうから歩いてくるヒトは、耳の上に、二本の角を生やしていた。ヴァンが言う。

「あいつは、魔族だ……！　俺は置いて、逃げろ……！」

「無理だよ！」

だって、足が動かない。

膝が震えている。ヴァンを癒す手だって震えている。声だってもちろんそうだ。

二度目の恐怖がルミナを襲っていた。距離にして50メートルはあるはずだ。だがそこからでも禍々しい魔力を感じ取れる。動いたら死ぬと思う。アイツが本気で走れば、自分はきっと逃げ切れない。ましてや今はヴァンがいる。

ヴァンの治療をしているから動かなくていい。

そんな言い訳を自分にしていた。

ヴァンの治療をしている間はあの魔族を見なくていい。

そんな現実逃避を、有り得ない先延ばしを、この時のルミナは行っていた。やはり正気ではなかったのだと思う。ただ目の前にやるべきことがあった。まずはヴァンを助けよう。すぐ近くで土を踏む足音がした。

「なぜ逃げない？」

そいつは、そう言った。自分に尋ねているのだろうか。恐くて顔を上げられない。

「雑兵では足止めすらできなかったようだな。まさか自力で境界線まで辿り着くとは」

だって、それはヴァンがやったから。

「あの方の仰った通り素材は良いが……なぜここで立ち止まっている？」

だって、ヴァンが怪我をしてるから。

「それはもう死ぬ。治療しても無駄だ」

そんなことない。だって、ヴァンなんだから。

「まぁいい。娘――お前は俺と来て貰う」

手を伸ばしてくる気配。でも逃げられない。怖くて動けない。ヴァンが怪我してる。治さなきゃ動けない。治療魔術を止めるわけにはいかない。魔力がとっくに底をついて、治癒の光がとっくに消えていても、詠唱を止めるわけにはいかない。ヴァンが死んじゃう。

手が、伸びてきて、それを阻んだ。

ヴァンの手が、そいつの腕を阻んだのだ。

「やめ、ろ……」

「ルミナに、手を出すな」

その時だった。

何かがルミナたちの前に躍り出た。魔族は咄嗟に身を引いた。白い影のように見えたそれは、ヴァンの前に降り立った。

狼のシロだった。

ヴァンを一瞥し、ルミナには聞こえない声で、狼は言った。

まだ息はあるか。

まだ意気はあるか。

神を殺す覚悟はあるか。

——ない。

狼が笑ったようにルミナには見えた。

質問が悪かった。
この娘を守る気はあるか。
この娘のために命を賭ける覚悟はあるか。

——それならある。

狼が笑ったように、ルミナには見えたのだ。

☆ ☆ ☆ ☆ ☆ ☆ ☆

防御魔術の掛かっているマントごと左腕を食いちぎられた若い魔族は、その腕が再生しないことよりも、目の前の現象に意識を向けていた。

心臓を貫いたはずの子供が、立ち上がっている。

「神の気配……？」

やらせん、と呟いた魔族の影が伸びる。真っ黒に塗りつぶされた大地から、ずるずるとヒトの形をした黒い獣が這い出てくる。熊を小さくしたような、猿を大きくしたような、黒い獣だった。

魔物は標的を取り囲むと、一斉に襲い掛かった。

手遅れだった。

少年が腕を振った。それだけで眷属どもが霧散していく。見えない刃に斬られたように。

「なんだ、それは……？」

少年は答えない。

代わりに、少女が声を上げた。

「ああ……」

ルミナは目の前に立つそれを見て、震えが止まらない。

かみさまが、そこにいる。

黒い魔物は、一体一体が自分より強いとルミナは感じた。そいつらをかみさまがやっつけた。

――違う。

やったのはヴァン。その手には身の丈を遥かに超える長刀。白い柄に、白い鞘。冷気を帯びたように白く輝く刀身。

けれど目の前に立つのは天神だ。教会で微かに感じていたあの気配。魔素（マナ）と同調する際に遠くに感じるあの暖かさ。自分たちを見守る優しい眼差し。

それと同じものが、ヴァンと、彼の持つ長刀から感じられる。

天の星々から、かみさまが降りてきた。

それはきっとヴァンに宿ったのだ。どうして？

——やめて。

言葉は声にならなかった。

——ヴァンを、連れて行かないで。

伸ばした手は空を掴む。かみさまが降りた——天神に憑依された人間が生き残った例（ためし）は無い。あるいは順序が逆なのかもしれなかった。ヴァンはすでに死んでいて、その身体を天神が、

——違う！

首を振って否定する。現実を否定する。目の前のことがなにも信じられない。辺りは相変わらず真っ暗で、霧に覆われていて、出口だと思った二つの星も隠れてしまった。自分とヴァンは恐ろしい魔物に取り囲まれており、その先にはルミナが十八人いても倒せないであろう強大な力を持った魔族が立っている。

この一連の出来事を『神隠し』と呼ぶようになったのは翌日のことであるが、当時のルミナはそんなことを知る由もないし、名前なんてどうだっていいと言うだろう。

魔族の放つ圧力に戦意を折られ、自身の才能も秘めた力も培った技術も使えず、ただ震えて座り込んでいた少女はしかし、真っ暗闇の現実のなかで——希望を見た。

星が、瞬（またた）いていた。

ルミナの手を離れて一歩前に出たヴァンの周囲が、きらきらと輝いている。まるで砕いた氷を纏っているかのように、まるで夜空に輝く星々のように。神気は冷気に似ているとルミナは思った。彼の持つ長刀も、彼の瞳に宿った色も、冷え冷えと澄み切っていた。

長刀の切っ先がわずかに揺れたと思ったときにはもう、ルミナの背後から音もなく襲い掛かってきた魔物の首を、その切っ先が貫いていた。自分の肩のすぐ上に、触れそうなほど近くに神刀がある。一本だけ、一緒に斬られた髪が、はらりと落ちていく。

見えなかった。

否、意識できなかったのだと、後にルミナは考えを改める。これほど無駄のない動きは見たことが無い。神父様でさえこの域には達していないだろう。七天理心流ではない。他流でもない。ただ、何らかの術理であることは間違いがない。

背後への攻撃をきっかけに、魔物どもは再び襲い掛かってきた。先の雑魚とは違う、秩序だった動きだった。当然である。なにしろそれは魔族の影から生み出された分身であり、あやつり人形のごとく、一体ごとに制御しているに違いない。敵は、魔物を駒として、ヴァンとルミナに攻撃を仕掛けているのであった。

二本の腕から伸びた爪と、頭部前面にある牙。そして二メートルを超える巨体。魔力で練られた肉体の膂力はすさまじく、爪や牙が当たらずとも握られただけで人間の身体なぞ容易に潰してしまえるだろう。

喩えるなら、十二歳のこどもがヒグマの群れに襲われているのと同義だった。

生き残れるはずがない。

だがそれが、神に選ばれたこどもなら話は別だ。

自身の背丈を優に超える長刀を、ヴァンは文字通り手足のように操って魔物たちを斬り捨てていく。こいつらが獣と違う点は、『殺せば消える』ところだ。これが獣であれば、斬ったところで躯としてその場に残るか、悪くすれば突進の勢いそのままに吹っ飛ばされる恐れもある。

無論ただの獣の突進なぞは適当にいなして終いだが、背に守るべき存在(もの)があり、また多少の時間を消費するのも事実。

だが今回の相手は魔物だ。太刀の間合いに入った瞬間に核を断ち、刀身が纏う神気で忽(たちま)ちのうちに霧に還してやれば、それこそ幻のようにその場で消え去る。たとえ盤上の敵が、最初の魔物を捨て駒にして二手目、三手目で玉を狙いに来ようとも、初手が時間稼ぎにもならないのであれば無意味である——太刀の主は、そう言っているようにも見えた。

四つ足で突進してくる魔物を突いて殺し、自身の頭上で刃を旋転させ、空いた左右から踏み込んできたやつらの頭を割って胴を断った。敵はまるで反応できていない。それどころか、手を打てば打つほど『手の内』が知れてきて、魔物が攻撃の動作をする前に太刀が置かれているまでに先を読まれていた。

無尽蔵に出現する影の魔物は秩序だった動きをしており、その秩序性は指揮をする者・操る者がいることの表れであれば、その動きから差し手の思考、混乱、動揺が表れることもまた必定である。今のヴァンにとって、烏合の衆は言うに及ばず、無能な群体もやはり敵ではなかった。

ルミナは、その背中を、すぐそばで見ていた。

真っ暗な闇が蠢いている。闇は右にも左にも後ろにもいる。ヒトの形をした悪意、ヒトの中から噴き出した悪意が形作ったモノ、真っ黒な魔のモノが、闇の色をした魔物が、ルミナを取り囲んで、手を伸ばしてくる。

星が瞬いて、闇が切り裂かれた。

間近で光るその星は、ルミナを守っているのだ。ヒトの形をした善意、ヒトの中から生み出された善意が形作ったモノ、真っ白な星の士(ヒト)が、天の色をした騎士が、自分を取り囲む魔物を切り裂いている。

綺麗だった。

ルミナは、自分も、このようになりたいと思った。

星の騎士が腕を振る。その手に握られている白い太刀は、きっと、もはや身体の一部に違いなく、まるで彗星の尾びれのように白刃が流れれば、闇の魔物をたちまちのうちに切り裂いて、真っ暗だったルミナの視界を白く塗り替えていく。

物理的に。

魔族が展開した結界を、ヴァンの神刀はまるでカーテンのように切り裂いていった。切り裂かれた結界の隙間から、木漏れ日のように光が降り注ぎ、影の魔物を消し去っていく。

「なぜだ⁉」

魔族が叫ぶ。

「なぜ、天神がここにいる！」

ヴァンに宿ったそれは、答える代わりに牙を剥いた。それが笑ったのだと、魔族も、ルミナも、咄嗟には理解できなかった。

「…………っ！」

斬って、斬って、斬って、斬って、斬り続けた。その騎士は闇を斬り伏せ、ついに魔族の結界を破壊した。やがて周囲からは一切合切の暗闇が無くなった。ルミナの視界が明るく晴れる。現世はまだ夕暮れにもなっていなかった。舌打ちが聞こえた。魔族が、自身の闇に飲まれようとしている。逃げるつもりだ。

そう思った時にはもう、地を蹴り接近したヴァンがその胸に刀を突き立てていた。魔族の耳障りな悲鳴が響く。

「ここで死んでいけ、出来損ない」

やめて、とルミナは思う。ヴァンはそんなこと言わない。

気配は背後に出現した。ルミナの影から魔物が飛び出してきた。咄嗟に動けたのは奇跡だと思う。地面から土の杭を創生して魔物を串刺しにした。同時に、ヴァンが投げたであろう長刀が魔物を貫いて、殺しきった。

「むぅ」

　ヴァンが唸る。そちらを見ると、魔族が消えていた。どうやら今の攻撃の隙に逃げたらしい。

「小僧の身体が反応しおった。まぁ仕方あるまい。小娘を守る、そういう契約だったからの」

「ヴァン……」

「神刀が抜かれれば、魔族は容易に逃げられる。尤も、核を斬ってやったからあと数十年は引きこもるだろうがな。――で、小娘」

「ヴァン！」

　叫ぶ。自分の頬に涙が流れている。立ち上がれないまま、彼の名前を呼ぶ。

　しかし彼は、心底めんどくさそうな顔で、

「煩わしい、黙れ小娘」

「やめて」

　ルミナは言い返した。

「ヴァンはそんなこと言わない」

　助けてくれたのに、感謝しなくちゃいけないのに、どうして自分は土を握りしめたまま、あの子を睨みつけているのだろう。

「……ルミナと言ったか。輝く魔力の娘。小僧の友人であったな。強すぎる光は魔をも呼び込む。じゃから気を付けるようにと言ったであろうに、まったく」

　脳裏に、白い狼の姿が蘇った。

「シロ、なの……？」

「左様」

頷いたシロは、己よりも長い得物である長刀を、器用にもまっすぐ大地に刺した。

「ワシはこの刀の付喪神であり、この刀はワシという天神の身体でもある。あの狼は仮の姿、分体じゃな。外国から流れてきた余所者じゃ。真の名は――まぁ言わんでもいいか」

「ヴァンは!?」

思わずルミナは口走っていた。それを示すかのように、手で口を覆った。握り込んだ砂の味がした。

「小僧は……」

シロは口を開きかけ、思うところがあるようにして一度閉じると、もう一度口を開けて息を吐いた。その仕草に、やめて、とルミナは思う。

そこから先は言わないで。

お願いだから。

何でも言うことを聞くから。

「小僧は死んだ。お主を庇って」

声が。

自分の喉から、自分のお腹から、心臓も何もかも飛び出るくらい大きな声が出ていたはずなのに、この時のルミナにはまるで聞こえなかった。大地が盛り上がる。木々が震える。大気の魔素(マナ)と同調して、魔術が勝手に起動する。

ルミナの周囲を炎が包み、氷が弾け、土が暴れ、風が竜のように舞い上がった。それらの一切が目に入らなかった。それらの全てを感じ取れなかった。

ヴァンがいない。

この世界のどこにもいない。ヴァンを感じ取れない。あの優しい声も、笑った顔も、温かい言葉も、もうどこにもない。さびしい、さみしい、さびしくてつらい、どうしてこんなことになったんだろう、ヴァンに会いたい、手を握ってほしい、天神さまはどうして連れて行ってしまたったの、会いたい、会いたい、ひとりぼっちにしないで——そんなことを泣きながら叫んでも、そうだね、と頷いてくれたヴァンはいない。もう話を聞いてくれない。話すこともできない。

どうして自分は魔を呼び寄せてしまうほどの力があるのだろう。

どうして連れていかれるのが自分じゃなかったのだろう。

自分の声が聞こえない。どれだけ叫んでも耳に入らない。

声が。

ヴァンの声が、聴きたかった。

☆☆☆☆☆☆☆

「ヴァン！」

目を開けると、お父さんの顔があった。

「わかりますか、ヴァン！」

「…………ぁぉぉ…………」

声を出すのもつらい。身体がぜんぜん動かない。どうやら教会の自室のベッドに寝ているらしい。どうしてだろう。何があったっけ、と記憶の糸を辿ろうとして、お父さんが何かを叫ぶがその声は聞こえず、再び視界が真っ暗になった。


次に目を覚ましたのは真夜中だった。真っ暗闇のなかで、見慣れた天井が月明かりに照らされている。身体はやっぱり動かない。暗闇はすこし怖い。お父さんが恋しい。ルミナとクロエに会いたい。三人で木渡り（木登りをした後で枝から枝に飛び移る遊び）をしたい。眠くはない。ただ身体が動かない。喉が渇いた。お尻が痺れている。暗闇は怖い。どうしてか涙が出てきた。窓の外に星が見える。月がかすんで二つに見えた。まるで、

次に目を覚ましたのは真昼間だった。陽射しが暑くて布団が重い。はぎとりたいけど身体が動

かない。なんで動かないんだっけ。思い出そうとしたら胸の奥が真っ白に痛み出した。冷たいような、温かいような感触がある。外で兄弟(こども)たちの遊ぶ声が聞こえる。信じられないくらいホッとして、どうしてか涙が出てきた。

見飽きた天井のシミがひとの顔に見えた。あっちはルミナで、あっちはクロエで、あっちはお父さん。あの白っぽいのはシロでいいや。廊下の軋む音、これは教会にいる誰でもない足音だ。でも聞き覚えがある。確か——領主さまだったような。どうしてルミナのお父さんがここに、

「…………んあ」

朝が来た。途中で何度か起きたような気がするけど、全く覚えてない。どうやってベッドに入ったかも記憶にない。ていうか身体がめちゃくちゃ重い。昨日はどんな訓練したんだっけ、こんな筋肉痛は久しぶりだと思いながら布団を剥ぎ取ろうとしたが、そもそも布団なんて掛かってなかった。

上半身に包帯が巻かれていた。

一気に記憶が蘇った。

——ルミナ……！

声がぜんぜん出なかった。力もぜんぜん出なかった。ベッドから起き上がろうとしてそのまま床に落ちた。受け身すら取れなかった。お父さんが走ってくる音がして、びっくりするくらい安心できずにそのまま気絶した。父さん、ルミナは、ルミナは、

どうやら二週間近く寝込んでいたらしい。

あのあとは大変だったようだ。神父（とうさん）と領主様が駆けつけた時には何もかもが終わった後だった。魔族を退けたルミナは、力を暴走させ、周囲を炎で包み、氷を弾かせ、土を暴れさせて、竜巻を起こしたが、神父（とうさん）と領主様が着いた頃にはもう、落ち着きを取り戻していた。

ルミナは二人といくつか言葉を交わし、神刀は煙のように消え去った。

一時は心肺停止したものの、奇跡的に息を吹き返した自分は、絶対安静で教会に寝かされていた。神父（とうさん）が三時間ごとに治癒魔術を掛けなければ本当に死んでいたと思う。

いまだ身体は動かない。手足に力が入らない。それでも、少しの時間は喋れるようになった。

太陽が落ちる頃、父が治癒魔術を掛けに来た。

父に感謝を告げ、するべき質問をした。

父はこう答えた。

「ルミナは明日、王都へ行くことになりました」

どうして？

「三年ほど、時期が早まったのです」

どうして？

父は、言おうか言うまいか悩むそぶりを見せた後、

「あの魔族はルミナを狙ってきました。ルミナの、輝くほどの魔力をです。あれほどの魔力量（さいのう）は、

彼女と、彼女の周りを、危険に晒します。それはルミナの望むものではありません」

父は、誠意をもって教えてくれた。

「教会では、ガーランド領では――私たちでは、彼女を守り切れません。彼女の大切にしているものも守り切れません。ですから、王都の魔術学園に託すことにしました。より安全な場所に」

父は、敬意をこめて教えてくれた。

「こどもたちは私たちの宝です。ルミナもそれは同じです。そして、ルミナにとっても、教会のこどもたちは宝です。ヴァンやクロエたちが、大切だから、あの子は自ら言い出したのです」

自分から？

「そうです。あの子は強い子です。あなたを守り、そしてこれからも守ろうとしています。自分がガーランド領から去ることで」

どうしてか、涙が出てきた。

そうして、また暗闇が迫ってきた。意識が落ちていく。

「今はゆっくり休みなさい、ヴァン」

父は、慈愛に満ちた声で、そう促した。

☆

次の日が暮れる頃に目を覚ました。手足が痺れているのは感覚が戻った証拠だろうか。窓の外

を眺めようと首を傾けて、

「…………ぁ」

白い狼が、窓の外にいた。まるで硝子がないかのように、するりと部屋に入ってくる。

『まだ息はあるか?』

似たような質問を受けた気がするが、思い出せない。

『あの小娘に会いたいか?』

「ぁぃ……」

『では送ってやる。特別だぞ?』

狼はベッドに飛び乗ると、ヴァンの首根っこを咥えた。

食べる気?

『甘噛みだ』

全身に激痛が走る。首を起点に振り回されて、狼の背に抱き着く形に落ちた。あまりの痛みに意識が飛びかけた。気が付くと、狼と自分の身体が、紐——刀の下緒(さげお)で縛られている。きっと、落ちないように。

『では、参ろう』

言って、狼は駆けた。教会を抜け出し、草原を走った。大気の魔素(マナ)をいつもより感じられるのは、どうしてだろう。

風のように走った先は、ガーランド城だった。中庭に記された転移魔術陣の周りに人々が集ま

っている。その中心には、

「ルミナ！」

驚くことに声が出た。しかし周囲の人間はもっと驚いていた。絶対安静の患者がこんなところにどうして来てるのか。姉の出立に泣いていたクロエが幽霊を見たような顔になって、神父が十数年ぶりの本気激怒（マジおこ）になりかけて、領主は旧友がキレる前にヴァンを娘のもとに行かせてやった。

転移魔術はすでに起動している。あと数秒もすれば術者を指定の場所へ送り届ける。円形の魔術陣から、虹色をした光の粒が天に昇っている。その光に包まれたルミナは、魔術陣ぎりぎりまでやってきて、ヴァンの名を呼んだ。ヴァンはそれが嬉しくて、するべきでない質問をする。

「どうしてお見舞いに来なかったの⁉」

「何度も行ったよずっと寝てたじゃん！」

そうだっけ。

そうだったかもしれないが今はどうでもいいしルミナの足が半分消えかけている。

「いつか必ず俺も王都へ行く。ぜったいお前に追いつく！」

ルミナは面白そうな顔をしたが、無理でしょ、とは言わなかった。

その代わり、楽しそうに聞き返してきた。

「追いついて、その後は？」

「決まってるじゃん——双聖騎士（ディオスクロイ）になる！」

「うん」

下半身が光に包まれたルミナが、心の底から嬉しそうに笑った。

「待ってる！　二人で一緒になろう！　あの星みたいに！」

言って、ルミナは消えた。転移された。飛んで行った。陣に刻まれた魔術を使って、彼女自身の魔力で、王都まで。

ルミナのいなくなった虚空の先、いつか見た二つの星が、瞬いていた。

☆

狼が笑ったように、ルミナには見えたのだ。

あの時、赤子のように泣きわめく自分を、ヴァンに宿った大神(おおかみ)は牙を剥いて、

「やかましい！　周りへの迷惑を考えんか！」

と、斬り付けた。

時と場合によっては非難囂々に違いないこの台詞はしかし、この時と場合に限っては正しかった。だってルミナはあのままではガーランド領を丸ごと吹き飛ばしていただろうから。暴走した魔力は、爆発する前にシロによってぶった斬られて拡散し、事なきを得たのだった。

「…………あ」

数刻ぶりに覚える消失感。水瓶の底が完全に見えた。もうコップ一杯の魔力すら残っていない。もうカップ一杯の水すら出せまい。ぺたんと座り込んだまま、己の肉体を傷つけずに魔術だけを

斬った天神をルミナは見る。その姿は幼馴染のそれであり、しかし彼は死んだと告げられ、

「ぶぁぁぁぁぁん！」

再び赤ん坊みたいに泣きだした。

「よくわからん鳴き声を出すでない。はぁ、やれやれ。まったく、これだからこどもは……」

「ヴァンはそんなこと言わにゃい〜〜〜〜〜〜〜〜〜！」

「あぁ、はいはい、よしよし」

頭を撫でられた。

ヴァンの身体に宿ったかみさまに。

「ヴァンをかえしてぇぇ〜〜〜〜〜〜〜〜〜〜〜〜〜〜〜〜〜」

「あほう！」

ぶたれた。

「誰のせいでこうなったと思っとるんじゃ！　よいか小娘！　お前の埒外な魔力があの魔族を呼び込んだのじゃぞ！　ワシが来ていなかったら、今ごろ小僧だけじゃなくお前も――」

「そんなの知らないもぉぉぉん！　好きでこうなったんじゃないもぉおおおおおん！」

「むぅ」

十二歳の子供が泣くのを見て、天神は、それもそうか、という表情をした。ヴァンの顔で。

「……望まぬ力を背負わされているのも事実か。そして、ワシが遅れたのもまた、事実」

あの時のヴァンは、一合交えるごとに強くなった。だがその『強くなった』本当の理由が、

『ルミナを守る』という目的から来るものであることを悟った天神は、あの場にはまだいなかった。

「すまなかったな、ルミナ」

それでも彼女は泣き続ける。母に続いて友も失ったと。なぜ自分じゃないのかと。

だからというわけではかった。決して、情に流されたわけではなかった。これは予め定められた運命であった。神狼は、それを告げた。

「小僧を生き返らせる」

ぴたっ、と泣く声が止まった。泣く子も黙る一言だった。

「ヴァンには、神刀を使う素質がある。見込みがある。じゃから、ワシは助けたのじゃ」

「ヴァンが、生き返るの……？」

「条件がある」

「なんでもする！」

「いや、ちょっとは考えよ……。まぁいいがの」

呆れた天神は、自分を見上げる少女に命じた。

「都へ行け」

「みやこ……王都？」

「左様。ここでは危険すぎる。あの都ならばお前の力も誤魔化せようぞ。そして学べ。その力の使い方と、使い道を。その力に見合った心を」

神父では力不足だと狼は言った。悪くはないが、あれは剣に寄り過ぎる。

「……私が王都に行けば、ヴァンは生き返るの？」

狼は首肯した。

「さすれば、お前を見張る必要もなくなる。ワシのこの命、小僧に貸してやる」

ヴァンの天命が尽きるまで、と狼は言った。ルミナは考えた。考える必要もなかった。

「離れるのは寂しいけど」

死んじゃうよりずっといい。それに、

「ヴァンなら、きっと」

すぐ追いついてくる。いつもみたいに。

「決まりじゃな。ああ、それと――くれぐれも小僧には言うな。あの魔族も、お前が退けたことにせよ」

「どうして？」

「この小僧はこれよりワシの弟子となる。ワシの術理の継承者となる。それは神を殺す術。生半可な覚悟では務まらん。目標は遠く、高い方が良い。ゆえにじゃ」

神狼が命じる。

「お前はヴァンにとっての星となれ。ヴァンがいつまでも追うように、いつも先を行け。もし追いつかれたならば――」

「追いつかれたら？」

「この命は返してもらう。歩みを止めたとき、成長を止めたとき、小僧は再び死ぬ」

「人質ってこと……!? かみさまのすることじゃない！」

「阿呆。ヒトの命なぞ知ったことか。よいな、ヴァンを死なせたくなければ、死ぬ気で強くなれ、ルミナ」

「……わかった」

少女の目が燃えるように輝いた。

「ヴァンには、一生、負けない。ヴァンが死ぬまで、死んでも負けない！」

「それでいい」

ヴァンが牙を剥いた。狼が笑ったのだ。そうして、糸が切れたように少年の身体が傾いだ。慌てて その身体を支える。彼の名を呼ぶ。

「ヴァン！」

「………るみな?」

目を開けて、ぼんやりとした顔で、ルミナを見た。

「よかった。ぶじだね」

いつものヴァンだった。

いつものヴァンの、声だった。

そうだよ、と泣きながら答える。ヴァンのおかげだよ。

彼はもう一度、よかった、と呟いて、

「……帰ろう」

と、手を伸ばす。自分はその手を握って、頷いた。

「うん。帰ろう、ヴァン」

もうすぐ日が落ちる。夕暮れには、あの二つの星が見える。大地に刺さった神刀の向こう側に、ヴァンとルミナが至るべき双星が輝いている。

星が導いていく。

星に導かれていく。

真っ暗な海を渡る船乗りが星を頼りにするように、自分もそうしようと思った。

いつか。

あの星に、辿り着く。

☆

「じゃ、行こうか」

ガーランド城、中庭、転移魔術陣。

長く白い刀を持った青年と、大きな三角帽子を被った少女が立っている。

ルミナが王都へ旅立ち、ヴァンが再びぶっ倒れたあの日から、五年の歳月が流れていた。

第二章 王国魔術騎士団

chapter 02

マイア歴８０５年、３月。

あれから五年が過ぎた。

ガーランド城の中庭にある転移魔術陣は、いまも問題なく使用できる。それもこれも神父が毎年メンテナンスを欠かさないおかげであった。その神父に育てられた教会のこどもが、またふたり、旅立とうとしていた。

中庭には神父と、神父を超える背丈にまで育った精悍な顔をした青年と、姉ほどには身長は伸びなかったが、姉以上に胸部が育った少女がいる。

神父は、青年を見て、ニコニコしながら、言った。

「…………ヴァンが遅いですね、ローレンス」

ローレンス青年は答えた。

「ヴァン兄さん、ぎりぎりまで修行してるって言ってたよ？　ね、クロエ」

クロエと呼ばれた少女も答えた。

「ヴァン兄（にい）、ローレンスに身長を越されたのが悔しくて、ずっと懸垂してたもんね。まだやってるんじゃない？」

神父が不思議そうに、

「懸垂をすると、背が伸びるのですか？」

「僕が聞きたいよ」

「私が聞きたいわ」

なんかぶら下がってると背が伸びると思ったのだろう、と三人は結論付けた。

「ヴァンらしいですね」

そう神父が笑ったときだった。みんなー、という声が聞こえてきた。

「ヴァン兄！　おそい！」

「ごめんごめん！　みんなに見つかっちゃって！」

「わふ」

走ってきたのは狼と少年だった。狼は白い毛がもふもふしたデカいやつで、少年は少し赤みの入った黒い短髪の小さいやつだった。

ヴァン・ガーランド、十七歳。

身長は、ほとんど伸びなかった。

だが気にしてはいけない。まだ伸びると本人は信じている。

その背には、身長よりも長い、白い鞘に納まった刀があった。

クロエがぶーたれる。

「だから早めに出るって言ったでしょうが、もう」

「あはは、ごめんごめん」

教会の幼い兄弟(こども)たちが寝ている間に出発するつもりだったのだが、懸垂を終えたヴァンがデカい声で「いままでありがとうございました！」などと叫んだものだからみんな起きちゃったのである。

それからは知れたもので、まだ四歳五歳の弟妹たちが起きてきては「ヴァン兄いかないで」と泣いて抱き着いてくるので引っぺがすのに大変だった。神父とローレンスが見送りのためにこっちに来ているので、一番年長のアニーが自分もべそをかきながら「みんなでいったらあぶないでしょ？」「また魔物が出たら大変でしょ？」と弟妹たちをあやしてくれた。

ということを伝えるまでもなく、父と弟と妹は察した。

けっきょく引っぺがせずに全員着いてきちゃったので。

後ろにずらりと並んでいるので。

先頭のヴァンが弟妹たちを振り返り、

「みんな、いるよね？　番号！」

年長のアニーからいち、に、さん……と続いて、はち、まで順番に数を叫んでいった。

「神父(おとう)さん、みんないます！」

神父が笑顔でこめかみを抑えながら、

「………やれやれ、仕方ありませんね。みんなでお見送りしましょう」

「「はぁ～い‼」」

神父が白狼の前に膝をつき、

「ヴァンとクロエを、宜しくお願い致します」

と、やたらと畏まれば、

「わふ」

白狼は肯定するかのように鳴いた。

その後ろでは、ヴァンがローレンスを見上げている。二人が並ぶと頭ひとつ分ほど違いがあるのがよくわかった。

「ローレンス、みんなを頼む」

「うん、ヴァン兄さん。来年、十五歳になったら、僕もそっちに行くと思う」

「まだ十四歳なんだよな、お前……。うん、ローレンスなら安心だ。お父さんのサポートもしてやってくれ」

弟の肩をぽんぽんと叩く。それがローレンスにとってどれほど感情を動かすものだったのかは、彼が流す涙でわかる。

ヴァンとクロエを残して、全員が魔術陣から離れた。すでに起動している陣は淡く光っている。

神父が起動のための魔力を流したが、それだけでは足りない。実際に跳ぶためには、魔術陣の中にいる者――つまり跳ぶ人間たちで魔力を流さなくてはならず、それは距離が遠ければ遠いほど多量になる。

ガーランド城から王都まで、平均的な魔術師では最低でも三つの転移港を経由することになるが、魔力がほぼゼロなヴァンはまるで手伝えないのにニコニコしている。

「どこも経由せずに一気に王都へ行けるなんて、さすがクロエだなー。兄として鼻が高いよ」

ただただ誇らしげだった。

クロエはひたすら呆れている。

「死ぬほど疲れるから、着いたら介護してよね」

「任せろー！」

元気いっぱいに両手を上げる兄を見て、クロエが笑った。

「じゃ、行くよ！」

杖を立て、目を瞑って詠唱する。転移の魔術はかなり特殊だ。精霊でも天神でもなく、星そのものに願い出る。我々(ヒト)を構成する元素と魔素(マナ)を同調させ、別の地点に再構成させる。「それは同一人物と言えるのか」という議論は数百年前に、それこそこの魔術が発明された時点で終わっている。天神(かみ)が、その存在を証明したからだ。

二人が虹色の光に包まれる。足元から消えていく。けれど怖くない。浮いているような、落ちているような、昇っているような感覚が、クロエは好きだった。

いつかシロがいる幽世の祠に行った時のことを思い出す。

きっとこれは、ひとが虹を超えるための魔術なのだ。

光の向こう側で、兄弟たちが声を張り上げている。

「ヴァンお兄ちゃん、元気でねー！」

「クロエお姉ちゃん、頑張ってねー！」

光の向こう側で、お父さんが涙をこらえて微笑んでいる。

「ふたりとも、身体に気を付けて」

教会のみんなが、ヴァンとクロエを見送っている。

「『行ってらっしゃい！』」

心からの言葉に送られて、ヴァンとクロエは笑顔で光の中に消えた。

行ってきます。

☆

神聖プレイアデス王国・王都メロペア。

第一中央転移港。

ヴァンが目を開けると、そこには都があった。

「うっわー！　すっげー！　でっけー！　ひっろー！」

五歳児のようにきらきらと瞳を輝かせてヴァンが田舎者丸出しで叫ぶ。

「見てよクロエ、あの建物もあの建物もみんな高い！　倉庫かなぁ⁉　家じゃないよねぇ⁉　あ、でも二階に窓とベランダがあるし、一階には玄関がある！　家だよクロエ！　あれぜんぶ家！　あんな大きな家、いったいどんなお金持ちが住んでるんだろうね！　わっ、案内板が魔術で浮いてる！　えぇっと、ここは第一中央転移港なんだって！　王都はたくさんのひとが来るから、一度に大勢転移できるように広場が作られてるんだよ……って、あはは、そんなのクロエなら知ってるか！　えっ、ちょっと待って、すごくいい匂いがする！　出店かなぁ！　焼き鳥かなぁ⁉　最近はステーキ串とかあるらしいよ！　ルミナが手紙で教えてくれたんだ！　あ、見て見てクロエ！　あれ！　あの空に浮いてる岩！　浮遊魔石を使った結界岩だよ！　あそこから王都全体に魔物が入り込まないように結界が張られてるんだよね⁉　ってことは、あの真下には『聖なる泉の広場』があるのかな！　あの大岩が落ちてきたときに受け止めるお皿を持った女神様の石像が泉のど真ん中にあるんだって！　って、これもクロエなら知ってるか！　あはは！　ほら、クロエ、クロエ！　見てほらアレ！　………………クロエ？」

　クロエの返事がないことに、ヴァンはようやく気付いた。

　振り返る。

　妹が直立でぶっ倒れていた。

「クロエー⁉」

「やば……しぬ……もうむり……根こそぎ魔力持っていかれたのもあるけど、それよりヴァン兄が恥ずかしすぎてしぬ………恥ずか死ぬ…………して…………ころして………」

「うわー！　ごめんごめんクロエ！　俺ひとりではしゃいじゃった！」

「本当に、本当に、本当にそうだね、ヴァン兄………」

　死ぬほど人が集まる転移港のど真ん中で、田舎者丸出しではしゃぐ兄と、その横で魔力切れ丸出しでぶっ倒れている妹がいる。クロエは、自分たちがさっきから周りからくすくす笑われててもう死んじゃいたいほど恥ずかしかった。マジで。このまま消えてしまいたい。

残念ながらヴァンはそんなこと知る由も無いので、

「ごめんクロエ、じゃあ行こう！」

とか言ってクロエをひょいと背負った。慌てる妹。

「まままま待ってヴァン兄！　恥ずかしい‼」

「動けないんじゃ仕方ないだろ？　我慢するんだ」

「動くから！　歩くから！　おろして！」

「はい」

「きゅう〜〜」

ヴァンが下ろすとスライムのようにずるりとクロエが地面に流れ落ちていった。

「むりかぁ〜〜」

「はい、背負いますよー」

おんぶされ、ヴァン兄の体温を胸で感じる。なんか久しぶり、とクロエは思った。もっとくっつこ。

ぎゅっとすると、ヴァンが笑った。

「甘えるなぁ、クロエは」

「そういう約束でしょー？」

それはそうだ、と前に荷物と長刀、背にクロエを装着したヴァンが納得する。

身長の割に大きな胸がヴァンの背中で潰れており、見る者が見ればさぞ羨ましい光景なのだが、ヴァンもクロエもぜんぜん気にしていなかった。

ヴァンの右頬のすぐそばからクロエが空中案内板を指さして、

「そこ右」

「さすがクロエ。地図もいらない記憶力だな！」

ふふーん、と背中の妹が得意そうに鼻を鳴らしたのがわかった。

クロエを背負ったヴァンは、その後も妹の完璧なナビで最短ルートを歩いて行った。最短ルートなので、やたら細い道とか、橋が架かってない水路とか、壁みたいな階段があったが特に問題はなかった。

細い道で向こうから来た人とすれ違うときは壁を足だけで登ってやりすごし、橋が架かってない水路はクロエを背負ったままジャンプし、壁みたいな階段はむしろ「おっ！」と訓練バカのやる気を見せてダッシュして登り、途中何度か田舎者丸出しの自分たちを狙ったスリの皆様は優しく小突いて眠って頂いた。

「最後なんかおかしくなかった？」

クロエが疑問を呈するが無視して歩む。到着したるは本日のお宿。エルフがオーナーの創業五百年を誇る老舗旅館……の陰にある馬小屋みたいなボロっちい宿泊施設と呼ぶのも憚れるナニカだった。

「私あっちがいい」

「お金ないでしょ」

外見はボロっちかったが、中も負けじとボロかった。とはいえ王都の宿である。教会の大部屋で寝るよりは比較的マシだった。年配のおかみさんがニコニコしながら二階の角部屋を案内してくれた。

その夜——クロエはたっくさん甘えた。

「ご飯食べさせてー」「髪とかしてー」「ベッドまで運んでー」

「はい、あーんして」「ブラシどこ?」「大きな赤ちゃんかな?」

ヴァン兄、マジで何でもしてくれるな、とクロエは思った。

「クロエ、もうちょっとそっち寄ってくれる?」

「はい」

ヴァン兄、ふつうにベッド入ってくるな、とクロエは思った。まぁ仕方ないんだけど。ベッド一つしかないし。ところで、ゼロ距離にヴァン兄の顔がある。悪くない顔だと思う。ちょっと子供っぽいけど、これはこれで。その顔が「ん?」と不思議そうに、

「子守歌、うたう?」

クロエはそれには答えず、天井を見た。

「お姉ちゃんに、会えるかなぁ……」

自分でもびっくりした。不安が、勝手に口から零れ出ていた。

五年前に王都へ旅立ってから一度も会っていない姉。自分には眩しすぎるほど有能な姉。輝か

しい魔力のルミナ。子供の頃から凄かったけど、いまやあのひとは――。

「きっと会えるさ」

同じように天井を見たヴァンが、まるで自分に言い聞かせるように答えた。

「そのために、ここまで来たんだから」

そうだ、とクロエは思う。自分は十五歳になってすぐやってきた。でもヴァンは違う。十五歳になってもあの村に居続けた。訓練を、修行をやり続けた。神父様はとっくに許可していたのに、自分が納得していないようだった。

――違う。もうひとり、あの子がいた。あの子が、もうひとりの先生だったんだ。

白い毛並みを思い出す。神父様もわかっていただろう。ヴァンは、教会の訓練とは別に、修行を続けていたのだ。

ルミナに追いつくために。

光り輝くあの星に、少しでも近づくために。

自分には眩しすぎるルミナを、しかしヴァンは直視して、進み続けたんだ。

それはとても尊い行為だと、クロエは思えた。

「ヴァン兄……」

隣を見た。

寝てた。

寝てやがるコイツ。

それにしても寝顔が子供である。鼻をつまむと、やめてよ～、と幼子みたいな声で抗議する。

うーん可愛い……。

「本当に私より二つ年上なの？　ヴァン兄は」

くすりと笑って、自分も眠りに意識の裾をつままれた。ふわ、と自然とあくびが出る。

不安は、どこかに行っていた。

「いやちょっと待って、白狼（シロ）はどこ行ったの？」

そいつなら宿の上で丸まって寝ている。気にしなくて良い。

☆　☆　☆　☆　☆　☆　☆

翌朝。

しゃきーん！　と復活したクロエは、素朴な味の朝食をお腹いっぱい食べて彼方を指さした。

「行くよ、ヴァン兄！」

「おう！」

妹分が元気になって嬉しいヴァンは、こちらも元気に応える。朝食は三回お替りした。

王都の観光をしている暇は残念ながら無い。

今日は、王国騎士団の入団試験日なのだ。

試験会場には、事前の書類審査をパスした受験生が集まっていた。今年はちょうど三十名だ。

王国軍兵士でないのはヴァンとクロエの二人だけであり、ひときわ異彩を放っている。

まずは筆記試験。

王国の大雑把な歴史や、騎士団設立にまつわる問題が出される。

「…………」

問題用紙をじぃっと眺めながら、ヴァンは神父の授業を思い出す。


中世メウロペ時代の国家ではなかったものが、マイア歴６０５年の現在ともなればふつうに存在する。そのひとつが常備軍だ。中世期においては、軍とは各領地の貴族たちがそれぞれ持っているだけにすぎず、またその兵士たちも普段は農民がほとんどで、騎士はもちろんのこと、近世における『戦闘のプロ』である『職業兵士』は存在しなかった。

他国との戦争が始まれば農民たちはクワから槍に持ち替えて、領主の指示で王のもとに集まることになるが、そんな寄せ集めの群体でまともな戦闘ができるはずもない。軍隊の基本中の基本である整列すらまともに組めず、そもそも使っている言語が地域によって違うため命令すらままならないこともあった。そんなカオスな戦場だったからこそ、武芸や魔術に秀でた一部の戦士――英雄や勇者が現れやすかったのだろう。

その状況を変えたのが６２０年前の初代プレイアデス国王である。

貴族の嫡男であった彼は武芸・魔術ともに優れた者たちを集め『騎士団』を創設した。これが現代における常備軍の前身である。彼はその後、各地の領地を平定して神聖プレイアデス王国を創り、騎士団をもとに王国軍隊を設立した。他国との戦争に備え、また回避するための軍事力であったが、近世以降では主に魔物の討伐において真価を発揮している。

その最たるものが、現代における『王国騎士団』である。

彼らは、魔物討伐におけるプロ集団だ。

ヴァンとクロエは、その試験を受けている真っ最中というわけである。

筆記試験が終わった。ヴァンは「まぁまぁ」で、クロエは「かんぺき！」という感触だった。

次に行われたのは魔力測定だ。

文明の進んだ神聖プレイアデス王国では個人情報保護の観点から数値公開はされなかったが、入団試験を受けられる兵士ともなれば一目見ただけでヴァンの魔力が、

「「――カスだ」」

と気が付く。ゆえに、緊張の様子が微塵も見られないニッコニコの笑顔で試験を受けている彼を逆に不気味がってもいた。ヴァンはこれが素なので、隣のクロエは恥ずかしいけど仕方ないと諦めている。

次は面接。

待合椅子に座るヴァンの名前が呼ばれた。

緊張のきの字もしないヴァンは志望動機を尋ねられ、

「双聖騎士（ディオスクロイ）になるために来ました！」

と答えて苦笑された。

一方クロエは、

「騎士団の一員となり、姉である剣聖ルミナの手助けと、王国民のために戦いたいです」

優秀な受け答えに面接官も思わずにっこり。魔力値も今回の受験生で最も高かった。姉はかのルミナ・ディ・サクラメント・ガーランドであり、その数値の高さも面接の反応も納得である。

太陽がてっぺんに来た頃、二人に付いてきたシロが、建物の上であくびをした。

「つまらん」

そんな声が聞こえたのか、面接が全員終了し、いよいよ実技試験となった午後の部、広大な訓練場で、受験生のひとりがヴァンを見て笑った。

「ふっ、面白いやつがいるな」

隣にいた二人も同調した。

「魔力カスの外部受験生か」

「うわ、マジだ」

三人とも同じ顔をしていた。三つ子かしら、とヴァンは思う。ぶっ殺すぞ、とクロエが思ったことは知らない。

「魔力カスの下民が」

「王国騎士団に入ろうだなんて」

「まさか思ってないだろうなぁ～？」

「「はーっはっはっは」」

魔力カスなのは本当だしなぁ、とヴァンは相手にしなかった。

よし決めた殺す、とクロエが詠唱を始めようとしたら、ヴァンに肩を手を置かれた。

「物騒なこと考えてない？」

「ヴァン兄は『魔力カスなのは本当だしなぁ』とか思ってんでしょうけど、こういうのは最初が肝心だと思うの私は」

「でもここで喧嘩は良くないよ。俺なら実力で示してみせる」

「実力……」

意味深げにクロエが呟き、

「俺のために怒ってくれてありがとな、クロエ！」

「べ、べ、べ、別にヴァン兄のために怒ったわけじゃないもん！　兄貴が馬鹿にされてたら怒るのが妹ってもんでしょ！」

「うん！　どっちが本音だか手に取るようにわかる！」

受験生全員に聞こえるような声で田舎者が漫才をしたところで時間が来た。

個人戦闘試験。

試験官が来て、あっという間に、見上げるほどの土の巨人を魔術で作り出した。

「土のゴーレムと戦います。倒すまでにかかったタイムで加点です」

いつものやつだ、と予習した全員が思った。

王国軍において戦闘魔術師とは大きく三つに分けられる。前衛、後衛、斥候だ。斥候が発見した敵を、前衛は魔術付与した武器を手に近接戦で殴り掛かり、後衛は距離を取って攻撃魔術を放ったり回復・防御魔術で味方を援護するのがポピュラーな役割分担だ。騎士団においてもそれは同様で、三人一組（スリーマンセル）で行動するのが基本である。

土のゴーレムを『対峙した状態から』相手にするには斥候系の魔術師は不利ではあるが、王国軍兵士の選抜部隊である『騎士団』で活動するには、あるていど自衛ができなければ務まらない。とは言いつつも、本職の戦闘屋である前衛や後衛と比べるのはやはり不利なので、斥候希望者にはタイム以外の加点もされる、と公表されている。

「では試験を始めます。名前を呼ばれた者は前へ出るように」

こういうのは最初にやったやつほど不利なもので、かつ、それが基準になる。受験生も試験官もそれがわかっているので、選考はランダムと言いつつも、最初の数名は『合格しそうな者』から呼ばれる。他の者はそれを参考にせよというのが暗黙の了解だった。

「エイサン・バカルディ、前へ」

「はっ！」

まず呼ばれたのは、先ほどの三つ子の一人だった。王領のすぐ隣にある伯爵家の長男だ。トップに呼ばれた栄誉を理解し、ここぞとばかりに周りを睥睨すると、ゴーレムを相手に、支給された平凡な片手剣と三角盾を得物に、互角以上の立ち回りを演じる。

上手い、と試験官は思う。魔術によって自身の身体能力を強化し、ゴーレムの剛腕による強烈な一撃をかわすと、斬撃魔術を付与した片手剣でその足を斬り付けた。大木のようなそれはもちろん切断などできないが、巨体のバランスを崩すことは出来る。

尻もちをついたゴーレムに土系の魔術をかけて地面と固定させると、その拘束が解かれる前に素早く飛び掛かり、核のある頭部へ攻撃。幾度かの斬撃を与え、敵の手が自らを掴む前に、ゴーレムの背後へ回避と位置取りを兼ねた移動を行う。

ゴーレムが振り返る前に後頭部を片手剣で二、三度斬りつけて装甲を剥がすと、立ち上がるために重要な腰部分へ盾殴りを行って姿勢制御を完全に破壊。勝負所も抑えており、ここぞばかりに魔力を込めた一撃でがら空きの頭部を粉砕した。

記録は1分45秒。

暫定一位、歴代でもなかなかのタイムだった。おおー、と畏怖と賞賛の歓声が上がり拍手がわいた。この日のタイムの中央値は2分33秒であることを考えると、やはり優秀であるといえる。

ここぞとばかりにふんぞり返るエイサン・バカルディは、「当然だ、この程度」と言いながら優雅に待機位置へ戻って行く。後ろでは自動再生魔術が掛かっているゴーレムが土くれの状態から再び形を取り戻していく。

その様子を見ていたクロエがむぅ、と唸る。

「なかなかやるわね、あのバカ長男」

「バカ長男じゃなくて、バカルディ伯爵のエイサンお兄さんでしょ」

そんなツッコミをしたヴァンの元へ、そのエイサンがやってきた。思いっきり上から目線で、

「怪我をしないうちに帰ったらどうだ、田舎者。もっとも――」

と、クロエを見る。流し目で。

「そちらの可憐なお嬢さんは別だが」

げ、とクロエが唸る。変なのに目ぇ付けられた。都会の貴族はこれだから困る。

「二番、クロエ・ディ・サクラメント・ガーランド。前へ」

「うわ、はい、はい！」

試験官に名を呼ばれ、クロエが慌てて前に出る。

「頑張れ、クロエ！」

「う、うん！」

「深呼吸だ！」

「わかった！」

「クロエなら出来る！」

「わかったって！」

「お兄ちゃん信じてるからな！」

「わかったって言ってるでしょ！」

あーもう恥ずかしいなー、と思いながらクロエは試験位置に付いた。周囲の視線がきつい。

田舎者の片割れが二番目に呼ばれたことに、バカルディの残りの二人は忸怩たる思いを抱きつつも、納得している部分もあった。それは他の受験生も同じであり、『地方貴族が王国騎士団に入ろうだなんて』などとは考えていない。そんなのは、彼女の溢れる魔力を見ればすぐわかる。

どうしてこんな奴が今までガーランドなんて田舎に隠れていたんだ。

クロエが感じたきつい視線の正体はそれである。当人は「あー、お姉ちゃんの妹だってけっこう知られてるのかなー」などと頭の片隅で考えたが、すぐに切り替えた。待機場所からがんばれー、と声を掛けるヴァン兄が他の試験官から怒られてるのが視界の隅に入ったがそれも無視する。

今は目の前のゴーレムをどうやって倒すか……じゃない。いかにして、速く倒すかだ。

——お姉ちゃんに近づくタイムを出す！

「始め！」

開始と同時に距離を取った。常時起動の身体強化に風の魔術も使って試験区域・結界ぎりぎりいっぱいまで下がり、大空へ飛びあがる。予習した限りでは後衛はだいたいこんな感じの戦法であり、失格になった受験生はだいたい距離を詰められて詠唱に集中できなかったらしい。

目標はすでに小粒程度にしか見えないが、望遠魔術を起動させて照準を付ける。同じように遠見を行っている面接官および受験生数名と、手でひさしを作って見上げている受験生数名と、素の視力でまっすぐこちらを捉えているヴァン兄とゴーレムが見えた。

なんで見えんのかなヴァン兄は。と思ったところで詠唱が完了する。ゴーレムがその手に持った棍棒を投擲する構えを取るのと、クロエが魔術を起動させるのはほぼ同時だった。

「——氷よ（エイ・ギアーチエ）」

ぎぃん、と鉄と鉄を叩き合わせたような音が響いた。クロエが放った氷の槍に貫かれたゴーレムが、天に向かって棍棒を投げようとしている姿勢のまま凍り付いていた。面接官が驚き、受験生たちは絶句している。ヴァンが、氷像か、芸術的だな、さすがクロエだ、としきりに頷いていた。

記録は1分半であり、暫定一位を塗り替え、歴代でもかなりなかなかのものだった。面接官はふよふよと降りてきたクロエをひとしきり褒めた後、

「これ溶かせる？」

と聞いた。

ヴァンはにこにこしながら、自分の名前が呼ばれるのを待っている。

☆　☆　☆　☆　☆　☆

「いい？　ヴァン兄。ゴーレムを斬るのよ？」

ところでこの試験官は偽装魔術でその辺の男性に変身した王国騎士団の最高司令官である団長なのだが、それに気付いた者は少ない。

変身している理由は二つ。一つは団長直々に試験を見ることで責任ある審査ができると信じているが、自分の顔が怖いせいで受験生を必要以上に緊張させるのはよくないと思ったから。もう一つは「団長直々に試験を見るなんてこのクソ忙しい時期になにやってんですか」と副官に怒ら

れるに決まってるから。

今年の受験生は粒ぞろいであり、これなら騎士団の未来は明るいなと、毎年思っている感想が今年も出た。去年見た顔が今年も来ていたり、去年いた顔が今年はいなかったり、去年はいなかった顔が今年はいたりする。しかしさすがは王国兵大隊長の推薦を勝ち取っただけあり、どの受験生もいい面構えをしている。そして――

「では最後、ヴァン・ガーランド、前へ出なさい」

「はい！」

この子は三十番目にした。

魔力量は赤子よりも少ないが、佇まい、足運び、注意力、視界の広さ、どれも埒外だ。恐らく、自分が変身していることに気が付いてるのは彼だけだろう。ショートケーキの苺は最後に食べる派の騎士団長である。ガーランド領主とマテラス教会神父二人の推薦を受けた青年の実力を見るのが楽しみで、一番最後にしたのだった。名を呼ばれる寸前に、ゴーレムを氷像に変えた受験生が彼へアドバイスをしていた。その内容が実に興味深い。

『いい？　ヴァン兄。ゴーレムを斬るのよ？』

『わかった。ゴーレムを斬ればいいんだな』

バカルディ伯爵のところの三つ子が、見ればわかるだろ、という顔をして二人を見ている。

『本当にわかった？　ゴーレムを斬るの。いい？』

『大丈夫だって、クロエ。俺ならやれる！』

『違う、ぜったいわかってない。ゴーレムよ？　ゴーレムを斬るのよ？』

もう少し見ていたかったが、時間が迫ってるので名前を呼んだ。

「ヴァン・ガーランド、準備はいいですね？　ゴーレムを倒し、そのタイムで加点されます」

「はい！」

にこにこしながら答えた。ヴァンは見上げるほどの土巨人を前にして、支給された武器の中から片手剣を一本だけ選び、相対した。それだけでぞくりとする。構えに力みがまるで無い。団長はその姿に、かつて立ち会ったマテラス教会神父の陰を見た。

「始め！」

と言い終わる前に終わっていた。ヴァンが剣を振り下ろした姿勢から素早く元の構えに戻ろうとしているのはかろうじて見えた。土のゴーレムが真っ二つに割れていく。一刀両断にされたのだと、結果を見て知る。

いったいいつ斬ったのか、まるで見えなかった。

ヴァンを最後にしたのは正解だった。自動再生魔術がかかっているはずのゴーレムはしかし全く動く気配がなく、それどころか斬られていない部分までぼろぼろと土くれに戻って行った。魔術が完全に破壊されているがそれどころではない。ゴーレムの背後の空間がぴしりと割れ、あっ、と思った時にはもう、試験場を覆っていた限定結界が破壊された。クロエ受験生の呆れた声、

「ああ、もう、だから言ったのに」

つまり、と騎士団長は納得する。

クロエ受験生は、『ゴーレムだけを斬ればいいのに、勢いあまって結界まで斬ってしまわないよう』注意していたのだ。

ヴァン・ガーランドがやっちまったって顔で彼女を振り返った。

「クロエ」

「ヴァン兄……」

「……フライングだったかな？」

そうじゃない、とその場にいた全員が思った。


ヴァン・ガーランド、ゴーレム討伐試験――〇．二秒。

記録更新（レコードタイム）。

この日だけではなく、歴代一位のタイムを塗り替えてしまった。

☆

「れ、〇．二秒……!?」

「〇．二秒ってなんだよ……」

「速すぎだろ」

「ていうか、見えなかったんだけど……」

ヴァンの一撃に皆が騒然とした初日を終えて、二日目。

試験官のふりをした団長は副官に見付かって連れていかれた。毎年、どの試験官に化けているのか見つけるのがマジで大変らしかった。

「本日は集団戦闘試験を行います」

移動先は王都の北にある森。

「結界を張った森の中で、三人一組で模擬戦を行います。10チームによるバトルロイヤルです。なお、ゴーレムも混じっています」

という簡単な説明を受けた後、受験生たちは三人一組になって森の各所に転移魔術で放り出された。もともとチームを組んでいた受験生はそのままの編成で試験を受けられる。ヴァンとクロエの二人組に、もう一人が加わった。

「ども……。アレックス……アレックス・ギエザっス……。よろしくお願いします」

斥候らしいというべきか、陰気な青年だった。歳はヴァンの一つ上で、このチームでは最年長のはずだが、どうもそんな感じがしない。１７０センチの身長は、細身で猫背なこともあってヴァンと同じくらいに見えるし、目は髪で片方隠れているし、おどおどして、じめじめしている。

「クロエ・ディ・サクラメント・ガーランドです。後衛担当。よろしくね」

「ヴァン・ガーランドです！　よろしく、アレックスくん！」

笑顔で握手を求める二人に、アレックスは「陽キャオーラ死ぬ」と思いながら、握手を返した。

「どもっす……。あの、呼び捨てでいいんで……。ヴァンくん……」

「アレックス！　俺も呼び捨てでいいよ？」

「私もいいよー。年下だし」

「あ、じゃあ……ヴァンとクロエ……………………………っす」

二人は兄弟なんだろうか、名字（ファミリーネーム）も一緒だし。でもセカンドネームが付いてるのはクロエだけで、彼女はあのルミナの妹で、でもヴァンの名前は聞いたことないな……。と思っているけど聞けないアレックスは、「…………………っす」とだけ言って会話を終わらせた。

クロエは、なんだろう今の間、と思った。

ヴァンも同じことを思ったので、

「なにか聞きたいことがあったら聞いて欲しい！　試験の間だけとはいえ、せっかく一緒のチームになったんだ。仲良くやっていこう！」

とニッコニコの笑顔で迫る。うう、とアレックスのＭＰ（メンタルパワー）がゴリゴリと削られていく。

「じゃ、じゃあその、二人って……」

教会の孤児と領主の娘で幼馴染でルミナと三人でよく遊んでた、というようなことをヴァンが身振り手振りしながら喋っている間に試験開始の時間が来た。

「あれっ⁉　しまった、何も作戦を考えてない！」

「大丈夫よ。やることは簡単だから」

慌てるヴァンに、クロエが冷静に告げる。どっちが年上だかわからないな、とアレックスは思った。ところでやることって？

「加点の判定基準は公表されてないけど、バトルロイヤルだから全員ぶちのめせばいいのよ」

「物騒なこと言うなぁクロエは」

「っスね」

「即席のチームだからあまり奇抜なことはやらない方がいいわ。基本に忠実に。斥候のアレックスが敵を見つけて、ヴァン兄がサクっと殺（や）ればいいのよ」

「物騒なこと言うなぁクロエは」

「っスね」

ちなみに模擬戦なので武器は刃引きがされている。殺（や）られる心配はない。

「じゃ、アレックス。敵を見つけてきてくれる？」

「いいっスけど……二人は大丈夫なんすか？　他のチームの斥候が、隠密系の魔術で近づいてきたら……やっぱ三人で一緒に行動した方が……」

「ああ、それなら大丈夫。私でもある程度は見破れるし、それに」

クロエはニコニコしているヴァンを指さして、

「ヴァン兄にはそういうの、通じないから」

「……………………は？」

どういう意味、と聞こうとしたところでそれに気が付いた。真後ろ、３メートルの距離、どうしてここまで探知できなかったのか、たったいま話したばかりの隠密系魔術、透明化と気配遮断

を並列起動させた高度な代物、前衛がひとり、そのすぐ後ろに斥候、さらに遠くに後衛が杖を構えていて、

「…………………………は？」

振り返った時にはもう、敵の前衛と斥候が、ヴァンに斬り捨てられていた。

驚く暇もない。ヴァンが動いたと同時に詠唱を始めていたクロエが敵の後衛を攻撃魔術で撃ち落とし、あっという間に全滅させていた。ヴァンは気絶した相手を優しく地面に横たわらせると、どこぞの神父のような穏やかな微笑を浮かべて、

「まずは1チーム目だね」

絶句するアレックスに、クロエがどや顔で言う。

「ね？　簡単でしょ？」

☆　☆　☆　☆　☆　☆　☆

本当は前衛になりたかった。

試験会場の森の中を、木から木へ、枝から枝へ跳躍して移動するアレックスは、ふとそんな思いを抱いた。

自分は本当は前衛になりたかったが、魔力量が少なくて、諦めたのだ。

——透明化と気配遮断を並列起動。遠見を使うのは……あの木の上からにするか。

しかし自分より遥かに少ない魔力で他の受験生を圧倒する人間が現れた。

ヴァン・ガーランド。

身長は１６０ｃｍとやや低めで、少年っぽい容姿のせいか実年齢より幼く見える。僧侶みたいな服を着てニコニコしてるのに、戦闘になると別人のように苛烈になる極小魔力の剣術家。

――広範囲の索敵魔術を使えば、こちらの位置も相手にバレる。遠見で怪しいところを見ていくか。魔力を遠くから見るだけなら位置バレはしない……。

妬ましくて、羨ましい。

自分が諦めた道を、自分より劣る者が、自然と駆け抜けていく。

――俺も剣術をもっと真剣にやっていれば、あんな風に……。

なれるはずがない。そんなことは誰よりも自分が理解している。

『お前は騎士に向いていない』

わかっている。そんなことは言われるまでもなく理解している。

「……それでも、なりたかったんだよ、兄さん」

誰にも気付かれることなく、アレックスは独り、呟いた。

☆

「まずはあの田舎者をやるぞ」

バトルロイヤル開始すぐ、エイサン・バカルディは二人の兄弟にそう命じた。

「いったいどんな手品を使ったか知らんが、あのタイムはあり得ない」

弟二人は同調した。

「なにかの間違いに決まってる」

「ゴーレム間違いだったんだろ」

バカルディ次男は斥候である。魔術強化された彼の目をもってすれば、田舎者を発見するのはたやすい。「いた」と報告を受けると同時に、中空に表示された受験者リストに脱落者の名前が表示された。残り9チーム。

「コッキたちが、田舎者にやられた……？」

疑問に思いながらも接近する。他のチームが集まっているのを次男から聞かされる。考えることはみな同じらしい。騎士団入団試験での洗礼を受けさせるつもりだ。すでに集まってきている別の4チームに聞こえるよう、本来ならチーム内でしか使わない通信魔術（コール）を、全チャンネルに開放。声を張り上げた。

『ボニファーチョ・ディ・バカルディが長男、エイサン・バカルディが先陣を切る！　貴公らとの決着はそのあとだ！』

俺がやるから援護しろ、と敵でもある他チームに呼びかけた。彼らはすぐに応じ、田舎者を包囲するよう位置を取る。

敵の剣はかなり特殊なものだ。ゴーレム破壊に使ったのは幻惑系魔術だろう。三男の強化魔術（バフ）

を貰い、魔術抵抗力を上げる。これでチャチな手品は通用しない。

木々の間を飛び、田舎者に接近する。包囲網は完成している。別チームの後衛がフェイントのつもりで攻撃魔術を撃ち始めた。邪魔だ。自分の手で直接仕留める。田舎者を望遠で確認――目が合った。この距離で？

☆

「エイサンがやられた⁉　うおっ」

バカルディ次男・ビーニトが、瞬く間に胴を裂かれた兄を望遠魔術で確認し、その直後には自らも爆風に吹き飛ばされていた。

「エイサン！　ビーニト！　え？」

三男・シモーネも似たような末路だった。ヴァンが長男を斬り、クロエが次男を吹っ飛ばし、切り返したヴァンが今度は三男（じぶん）を斬り捨てた。何が起きたのか全くわからない。ただ、左腰から右肩に掛けて熱を持ったように熱かった。刃引きをされていても鉄の棒で恐ろしいほどの速さで撫でられれば痛いものは痛い。一週間はあざが残るだろうな、と頭の隅で考えながら、中空の脱落者リストに自分の名が記されるのを見た。

☆

『やられた⁉　エイサンたちが――おわっ！』

『見えない！　どこから――』

『狼狽えるな！　敵の魔術師が撃ってくる！』

『右のは囮だ！　左から奴が、奴が――ぐああっ！』

『田舎者の太刀筋が見えない！』

『なんで後衛があんなに速く動けるんだ！』

『待て、ゴーレムもいる……ぎゃっ！』

　ハッキングした通信魔術（コール）から流れてくる敵の悲鳴を、アレックスは「うわあ」と思いながら聞いていた。こちらからも見てはいるが、確かに動きを追えない。前衛のヴァンはともかく、後衛のクロエも異常だった。包囲していた4チームからの一斉射撃を、地上で土の壁を作って防御すると、次の瞬間には上空へ飛び、氷の矢を複数同時照準で撃ち込んでいる。ヴァンはその合間を縫って、敵の後衛魔術師に接近し、あっという間に倒していく。

　対決というか、戦いになっていない。敵が迎撃しようとしても、防御しようとしても、ヴァンはまるで意に介さず斬り捨てていく。ヴァンを気にすれば、その意識の外からクロエが撃ち込んでくる。手に負えないとはこのことだろう。

ゴーレムたちも集まってきて、さらに場は混乱し、包囲していた4チームは数分で全滅し、漁夫の利を得ようと接近していた2チームもまた全滅し、残りは自分たちを外せば2チームとなったところで、クロエから通信魔術（コール）が来た。

『芋（かくれ）ってる奴らはどこ？』

自分が二人から切り離された理由を知る。ヴァンとクロエが派手に動いて引き付けた敵を返り討ちにし、それでも出てこなかったチームを見つけるのがアレックスの役割だったのだ。

「東に500の距離に一つ、西に800にもう一つッス。だけど……」

西の方のチームがたったいま全滅した。相手は――

「変だ……。一体だけ、やたら強いゴーレムがいるっス。東のチームに向かってる」

『そっちに向かうわ。援護、お願いできる？』

「りょ、了解！」

『ヴァン兄！　東だって！』

『わかった。ぜんぶ斬る』

『今度は結界は斬っちゃだめだからね⁉』

物騒な会話が聞こえて、通信魔術（コール）が切れた。

ヤバいチームに入っちゃったなと思う。

「つーか、あのゴーレム、やけに速くないか……？」

アレックスの視線には、森の木々をなぎ倒しながら進んでいく巨人と、その土煙が見えていた。

☆

クロエは如何にしてヴァンを相手にぶつけるかを考えていた。

「ヴァン兄はやたら短い毒針。使い勝手は悪いけど、刺せば相手は死ぬ」

「喩えが酷くない？」

だが正しい。ろくな魔術が使えないヴァンは、クロエに強化（バフ）を貰い、他チームとゴーレムを各個撃破していった。バカルディ三兄弟も良い連携を見せたが、ヴァンとクロエの敵ではなかった。

このまま残りチームも瞬殺する――クロエがそう考えたところで、アレックスから一体だけやたら強いゴーレムがいると報告が入った。

「予習した限りじゃこの展開はなかったわ。イレギュラーね」

「わかった。気を引き締めていこう」

「結界は斬っちゃだめだからね？」

クロエが再度念を押したところで、

『強力な魔力を感じる』

いきなり白狼が出現した。

「うわっ！　シロ⁉　なんでいるの⁉」

そりゃあクロエは驚く。ヴァンはこともなげに笑って、

「シロは俺の長刀に憑いてるんだよ。付喪神なんだって」

呆気にとられるクロエをスルーして、ヴァンはシロに向き直った。

「強力な魔力ってヤバいやつ？　魔族が混じってるとか？」

『魔力量だけなら天神クラスだが――』

「試験中は外敵に襲われやすいって聞いたことあるけど……まさかそれ？」

『……違うな。やれやれ』

何かしらの察しがついたのか、呆れたようにため息をついて、白狼は煙のように消え去った。

「あれ？　シロ？」

――好きに遊べ。

「？　どういうこと？？？」

「私が聞きたいんですけど！」

首をかしげるヴァンにクロエが突っ込んだ。それと同時に、ものすごく近くから破壊音がした。

「っ！　アレックス、今のは⁉　こっちからは何も見えない！」

クロエが通信魔術（コール）で斥候に呼びかけると、

『ゴーレムっす！　３００メートル東で受験生チームがやられたっす！　ハンパないっすよ！』

「３００メートル先⁉　音はすぐ近くでしたのに……それくらい強烈だったってこと⁉」

「天神クラスの魔力ってシロが言ってたな」

『もうそっち行くっす！　１００……50、20！』

会敵。

見上げるような巨人が、怒涛の勢いでヴァンとクロエに襲い掛かり、
すれ違いざまにヴァンが胴を薙いだ。

「シッ！」

「さっすがヴァン兄！　って、あれ？」

クロエの目には、ヴァンが振った片手剣――の折れた刃が中空に舞っているのが見えた。ヴァンの斬撃をもってしてもゴーレムは斬られておらず、ゴーレムの向こうには珍しく「しまった」という顔をして振り返るヴァン。そしてクロエとゴーレムの間を阻むものは何もない。

「やば――！」

慌てて詠唱を始めるが遅い。ヴァンへの信頼が油断となった。土の巨人の拳がクロエに振るわれる。大木だって折れるだろう一撃は、しかしクロエの鼻先でぴたりと止まった。ゴーレムの足元に、小さな蜘蛛の巣のような魔術陣が敷かれている。

『掛かった！』

アレックスの置罠魔術だった。

魔術によって拘束されたゴーレムは、しかし足元に魔力を集めるとすぐさまそれを破壊。時間にして二秒足らずの硬直に過ぎなかったが、

「ありがとう、アレックス！」

ヴァンには十分だった。予め借りておいたもう一本の片手剣を持ち直した彼は、振り向きざま

に抜刀し斬りかかる。先の一合で硬いところと柔らかいところがおおよそ見えた。首の真ん中の二ミリが脆い。

音に迫る速度で中空を嘗めていく白刃に、しかし巨人は反応した。振り向きざまに剛腕を振りかぶる。先の一合で硬いところと柔らかいところがおおよそ見破られているのを分かっているのか、首を隠しながらも反撃に転じられる巧みな一撃。ヴァンがやや遅い。

それを見越していたのか、詠唱を終えたクロエがアレックスの罠に代わって氷結魔術でゴーレムの腰から胴体までを凍らせる。詰みだった。

今度こそ、ヴァンの剣がゴーレムの首を断った。ずるりと落ちていく頭部に目もくれず、ヴァンは返す刀で巨人に刃を振り下ろす。両断するつもりだ。しかし首を落とされたゴーレムは、クロエによって凍らされた上半身を瞬く間に溶かすと、ヴァンの剣を手で受け止めた。

否、それは手ではなく、光の剣だった。

ぎくりとしたヴァンが、ゴーレムを蹴ってクロエの前まで一気に後退する。

「ヴァン兄？」

普段ならたとえ一撃が防がれようと二手三手と追撃を加えるはずのヴァンが引いた。不思議そうに見上げるクロエの目に、驚きと喜びがないまぜになった笑みを浮かべるヴァンが映る。口の端を上げて、ぽつりと言った。

「——会いたかった」

え、と視線の先を見る。そこにはゴーレムしかいない。けれど、ああ、けれど、そのゴーレム

がぼろぼろと崩れていき、その中には、

「おねえちゃん……？」

兜を脱いだかのように頭を振って白金の長髪をなびかせ、両手に光で形作った剣を握った、騎士がいた。

光り輝く魔力の持ち主――剣聖が、ヴァンとクロエを無感情に見つめている。

それは、強く、美しく成長した、姉（ルミナ）だった。

☆　☆　☆　☆　☆　☆

大陸最強の魔術師。

人界無双の麗しき剣聖。

田舎の村にも新聞くらいは届く。一週間遅れだが。

活版印刷と記録魔術を組み合わせた通信媒体には、上述した文句が一面を飾っていた。曰く、ルミナ・ディ・サクラメント・ガーランドは救国の英雄である。わずか十五にして王国騎士となった彼女は、このたび王都を襲った強大な魔物を退け、騎士の最も高い位（くらい）である『剣聖』の称号を王から賜ったという。

これは大変な栄誉であり、マテラス村は一報に沸いた。一週間続いて祭までやった。まだ修行が足りていなかったヴァンは、喜ぶ一方ではちゃめちゃに悔しがり、ぶどうジュースを一杯飲んだきり祭には顔を出さなかった。お囃子やヴァイオリンや調子の外れたラッパの音色を遠くに聞きながら、ひたすらシロに剣の修行を付けて貰っていた。

その後も、ルミナの活躍は何度も届いた。彼女自身からクロエや教会に宛てた手紙も届いた。もちろんヴァンにも来たし、父に言われたのでちゃんと返事も書いた。普通郵便は馬車と飛脚で運ばれ、特急郵便は転移魔術を使用できる一部の上級魔術師が副業でやっている。

教会には常に金がなく、おこづかいも大して貰えないので、ヴァンからは毎回「普通」で出したが、ルミナの返事は毎度「特急」で来た。たいていは自慢とも取れる近況報告で、そのたびにヴァンは対抗意識を燃やして木剣を振った。そのたびにシロが笑っているのが不思議だった。

ゴーレムを割ったら、中から美女が出てきた。

それがルミナであると、新聞や手紙で画像を見ているはずなのに、咄嗟には理解できなかった。肉眼で見る彼女は通信媒体のそれよりも遥かに美しく、氷のように固い印象を受けた。だがその魔力は相変わらず輝くようで、ヴァンとクロエは、目の前の人物が良く知る相手であると、肌で悟った。そうだ。そういえばこういうひとだった、姉(ルミナ)は。

まずヴァンが動いた。その右手が不自然なほどゆっくりと動く。クロエからすれば、小さい頃から嫌というほど見てきた強者同士の対決であり、端的に言って尻込みした。ヴァンに合わせて援護をしようと思うが上手くいくか不安だった。ヴァンは空の手を見せて、

「ルミナだったのか！　久しぶり！」

超笑顔だった。

は？

超笑顔なんですけど？

「元気そうで良かった！　いやぁ、初太刀（しょだち）が外されたときはひょっとしてって思ったけど、やっぱりそうだったか！」

姉も姉で、ほんの少しだけ口の端を上げて、戦意の欠片も見せずに応えた。

「うん。ヴァンも」

明らかに口数が少なくなっている、というか雰囲気が陰気になっている。お姉ちゃん、キャラ変えた？

しかしヴァンは意に介さず、すたすたとルミナの方へ歩いていき、その手を握った。握手だ。

「昔から強かったけど、ほんっっとに強くなったな！」

「うん。ヴァンも」

「でも負けないからな！」

「うん――私も」

二人は頷いて、手を離すと、くるりと互いに背を向けて、元の位置に戻った。

呆然と見守っていたクロエの隣に、ヴァンが戻ってくる。目と口をまんまるに開けて兄を見ていると、

「クロエ」

そう呼んだのは姉だった。「はい」と思わず敬語で振り返る。

「元気そうで、よかった」

　魔力は確実にそうなのだけど、その言葉のかけ方がどうしても姉とは思えなかった。だってルミナといえば、平気でクロエのプリンを横取りしたり、クロエの服の背中から芋虫を入れたり、木の枝から枝に跳ぶのが鬼のように速かったり、どこでも構わず大口を開けてげらげらあははと笑っていたのだ。

　それがルミナだったはずだ。

　こんな、氷みたいな美人、自分は知らない。

「お姉ちゃん？　本当に？」

　ルミナは答えず、少しだけ微笑むと、ヴァンに向き直った。

「まずは『実剣ルール』で」

　え？　とクロエが思う。それって教会でやってたやつだよね。自己強化と武器だけで戦うアレ……。

「わかった。クロエ、下がってて」

「い、いやでも、これ試験なんだけど……」

「大丈夫」

　ヴァンは片手剣を脇に構え、言う。

「一合で終わるから」

言うが早いかヴァンが消える。え、と残像を追って振り向いた時にはもう、決着がついていた。

確かに一合で終わった。

半身で右腕を伸ばしたヴァンの手にある片手剣の切っ先が、先んじようとしたルミナの左手首に触れていた。

ルミナの出小手に、ヴァンが片手剣を合わせたのだ。

「………え」

どっと汗が出る。目の前にいたヴァンの動きがまるで見えなかった。ルミナの動きもだ。二人は十五歩の距離を瞬く間に詰めて、斬り合ったのだ。わけもわからずに出た汗は、二人の殺気にあてられたのか、あるいはここが酷く危険な場所だと本能が悟ったのかもしれない。

化物同士が戦っているのだ。

一刻も早く立ち去るべきだ。

本能はそう告げている。

「よかった」

姉の形をした化物が安心したように笑った。その左手首は、ヴァンの片手剣の切っ先が触れている。

「ちゃんと、強くなってるね」

もう片方の化物が答えた。

「ルミナこそ。剣（こっち）の修行も、ちゃんとやってたんだな」

「寸止めじゃなくて良かったのに。このまま試験合格できたんじゃない？」

「ははは、バカ言うなよ。片手剣（これ）じゃ、お前に傷一つ付けられないだろ」

「ふふ」

「はははは」

「ふふふふふ」

　二匹の化物は笑いながら決して目を逸らさなかった。ルミナの光の剣が消える。ヴァンが片手剣を引く。お互いが打ち合った姿勢から元の体勢に戻り、先の繰り返しのように背を向けて最初の立ち位置に戻る。呆然と見守っていたクロエの隣に、ヴァンが戻ってくる。目と口をまんまるに開けたまま兄を見て、言う。

「なにしてんの？」

　ヴァンは、なにが？　と言いたそうな顔をした後、

「挨拶？」

　と答えた。

　いや、挨拶じゃねえよ。

☆

「いや、挨拶じゃねえよ」

騎士団入団試験を監督している総責任者が、二人の様子を見てそうこぼした。毎年毎年、飽きもせず変な連中が受験しにやってくるが、今年は輪をかけておかしかった。ふつうはゴーレムの相手をするだけで手いっぱいのはずなのだ。見知らぬ者同士でチームを組み、見知らぬチーム同士で三日三晩かけてゴーレムを排除し、ヘロヘロの状態でようやく受験生同士のバトルが始まるものなのだ。それが今年は開始数分でゴーレムはおろか受験生チームがほぼ全滅し、残るは――

「ルミナとやりあえるヤツがいるなんてね」

前代未聞だ。

呆れてものも言えない。

きっとこいつらは将来の王国騎士団を背負って立つ。黄金世代というやつだ。

「歳は取りたくないもんだねぇ」

まだ二十八になったばかりの副団長メディーア・ベールディール女史は、10キロ先の王都の浮き岩から二人のバトルを見て、そうこぼすのだった。

「ていうか、今日のルミナはずいぶん喋るわね」

☆　☆　☆　☆　☆　☆　☆

実剣ルールじゃ勝てない。

ヴァンとルミナはお互いにそう確信していた。ヴァンの剣はルミナの魔力防御に阻まれて届かないし、ルミナは武器のみじゃヴァンに届かない。となれば、武器も魔術も両方使った——

「総合戦で」

ルミナがそう呟いた。ヴァンは頷く。

「クロエ」

「な、なに？」

「試験再開……だと思う。ここからは魔術もばんばん使ってくる。総合戦だから」

「えぇっと、私もま……戦うってことだよね」

危うく『巻き込まれる』と言いそうになって言葉を探した。化物同士の戦いに、これから自分も参戦するらしい。ていうか今更だけどルミナがゴーレムに入ってる試験なんてアリ？

兄はもうクロエを見ていない。ただ、ルミナだけを見据えている。その彼女は、

「ヴァン」

すっ、と彼の得物を指さした。

「それじゃ危ない」

クロエの理解が及ぶ前に、地面から生えたようにシロが出現する。ルミナが首肯した。

「そう、それを使って」

——たしかさっきヴァン兄がシロは長刀に憑いてるって……。

指をさされた付喪神の狼は、ふん、と鼻で笑った。

小賢しいわ、小娘。そう言ったのはクロエにはわからない。しかしニュアンスは伝わった。白

狼はしゅるりと姿を変化させると、細長く伸びて、ヴァンの左手に収まった。クロエが思わず、

「ほ、本当にあの長刀だったんだ……！」

白い鞘に白い柄。柄頭の房飾りの毛まで白い。齢十七にしては背丈が低い兄弟子（ヴァン）には、全長2メートルを超えるその刀は相変わらず不釣り合いに見えた。刃渡りだけでヴァンよりもあるのではないか。

すらり、とヴァンが身の丈よりも長い刀を容易く抜いた。その刀身は、冷気を帯びたように白く輝いている。

不釣り合いではあっても、それで不利に見えなかった。獲物は長ければ長いほどいいから、という理由だけではないと思う。

ヴァンはこの刀でずっと修行していたのだ。さっきまでの方が——刃引きのされた一山いくらの片手剣を使っていた時の方が、よっぽど違和感があった。魔力なんてほとんど無いはずの兄が、長刀を抜いた途端に、輝いて見えた。

「クロエ」

「は、はい」

「強化魔術（バフ）、多めに頼む」

わかった、と言い終わる前に始まっていた。

——ひぃぇえええっ！

ルミナの放った攻撃魔術が、クロエに当たる直前で、ヴァンによって防がれた。ヴァンは長い刀を小さく使って五本の光の矢を斬り落とすと、平正眼の構えでクロエの前に立ち塞がる。ヴァンに守られながら、ヤバい、ヤバい、ぜんぜん付いていけてないと思う。

ルミナは基本に忠実で、教科書通りに後衛である自分を狙っている。いまの光の矢だって、王都の強固な魔術防壁くらい簡単に貫ける威力だ。あの一発を撃つだけで、その辺の王国兵士が丸一日寝込むくらいの魔力が必要である。

そもそもあれは既存の魔術じゃない。水や火や風や土の精霊から力を借りる従来の魔術ではなく、魔力そのものを光の矢に変えて対象を撃ち抜く、新しい時代の魔術――『閃煌魔術』だ。精霊魔術に対する防御魔術であるところの守護結界（アイギス）がほぼ完成されている現代において、ルミナの編み出した閃煌魔術『光の矢』は有効な防御手段が存在しない。

くわえて、この連射。ルミナのかざした左手の前に、光の矢が円の形で現れる。頂点にある矢が放たれれば円が回って次の矢が頂点に来る。それを超高速で繰り返す。残弾を補充しながら発射し続ける。相手には――つまり自分たちに向かって――一秒間に50本の光の矢が放たれることになる。こんなの無理！

無理――と心中で叫びつつもクロエはやることはやっている。ヴァンの陰に隠れながら、ヴァンの剣の結界とも言うべき間合いから半歩も出ずに、ヴァンに強化魔術（バフ）をかけ、その効力を少しでも長く少しでも大きくするために、魔力増幅のためにひたすら祝詞を唱え続けている。

「我が身は七女神（プレアデス）と共に在り！　我が心は天神と共に在り！　我が命は星に授かりしものなり！　我らは星に与えられ、星と共に生（い）くる者なり！」

　ヴァンの動きが目に見えて速くなる。否、目で見えないほど速くなる。秒間50発放たれる矢を撃ち落としているということは、秒間50回は長刀を振っているということになる。しかも、

『クロエ！』

　通信魔術（コール）で直接脳内に呼びかけてくる。

『このままじゃジリ貧だ。なんとか隙を作る。俺ごと殺すつもりでデカいの撃ってくれ』

『ちょ』

　答える暇もなければ反論する暇もない。

　ヴァンの長刀がいつのまにか二本の小太刀になっている。どちらも白い鞘で拵えは同じ。あの長刀が変化したのだろうと予想はつく。手数の多いルミナに対応しているのだと判断もつく。しかしその結果どうなるかまでは想像がつかなかった。

　突くにしろ薙ぐにしろ、剣という棒状の得物を使う以上、『行って戻る』切っ先の往復運動はどうしても存在し、それを『突いて薙ぐ』、『薙いで突く』と鋭角的に動作を連続させたり、『円く払う』ようにして流動的に使ったりと工夫はするが、動作後の隙は必ず残る。

　神父から七天理心流免許皆伝を授かり、クロエの強化魔術（バフ）が掛けられているヴァンでも、得物が一刀だけではルミナの連射光矢を払い落とすことで精いっぱいだったが、振るい易い小太刀が二本となれば話は別だ。

二刀に増えれば手数も倍になるというのは素人の考えで、二本の小太刀が有機的に働けばその選択肢は三倍、四倍と増加してく。右太刀の隙を左太刀でカバーし、さらにその隙を右太刀で補う。『行って戻る』往復運動をこなさずに防御を成立させ、浮いた手数（タスク）を次の予備動作に回せるようになる。

ルミナの前には光の矢が間断なく補充され続けており、これが音に迫る速度を生み出す要因であるわけだが、裏を返せば常に『次の手』を見せている状態でもある。

矢を『極端に長い槍』に見立てれば、切っ先が見えている突きなどヴァンにとっては目を瞑ってでも躱せるものであり、相対すれば目を瞑っても魔素（マナ）を読める彼にとって、ルミナが矢を撃てば撃つほど『手の内』が知れてきて、相手が放つ前に小太刀を置いてくるまでの余裕が生まれようになった。

こうなるともう、光の速度で撃ち込まれない限りヴァンに隙は無く、そしてその手段をいまだルミナは持ち得ていない。

反撃の時だった。

ヴァンが地を蹴る。それはクロエから見れば、長刀が小太刀になった途端の、『答える暇もなければ反論する暇もない』出来事であった。

距離を縮めようとするヴァンに対しルミナは素早く反応した。出現させていた光の矢を同時に、かつ曲げて射ち、ヴァンの進行を阻もうとしたがそれも読まれていた。

ヴァンは十二本の矢のうち、直射の四本を斬り捨て、〇．二秒後に続いて飛来した曲射の四本を払い落とし、照準を外して彼方に飛んでいった残りの四本を無視してルミナに迫った。

一足一刀からはやや遠い間合いから右手を振るう。小太刀の間合いではもちろんなく、しかし握られていたのは小太刀から回帰した全長2メートルを超える長刀であり、遠かったはずの間合いは一気に射程圏内へ変化する。

残像すらも斬り裂くであろうヴァンの一撃がルミナの首を捉えた瞬間、まるで粘性を帯びたように時間の流れが緩慢になる。○．一秒が一時間にも感じられた刹那のうちに、口を開いたルミナの聞こえるはずのない声をヴァンは訊いた。


「抜刀――天神煌炎七星剣（てんしんこうえんしちせいけん）」


ぼっ、と白い炎が爆発的に噴き出してヴァンを吹っ飛ばした。周囲の草木が燃え尽きたかと思えば、大地からも水分が蒸発して瞬く間に荒野と化していく。自分が五体満足でいられるのはクロエの強化魔術（バフ）の恩恵だとヴァンは思う。

ルミナの前に、光り輝く大剣が出現していた。その刀身には、七女神（プレアデス）を示す七つの星が刻まれている。

ルミナが七天教会総本山から賜った宝剣――七星剣である。

創生の神々が人類種族に直接下賜したとされるその大剣は、顕現させるだけで驚異的な魔力を放出する。使用者は、聖剣と己の魔素（マナ）を同調させるために一時的に魔力防御を解除しなければならないが、ルミナほどの使い手ともなればその隙はまばたきよりも短く、存って無いようなものである。

　クロエ以外には。

　遥か後方の上空で、マテラス教会屈指の秀才である後衛魔術師が詠唱を終えた。大規模攻撃魔術の照準設定は光の屈折に似ているとクロエは思う。中心点である目標（ルミナ）に焦点を合わせ、その周囲に霞んで見えるのが攻撃範囲だ。

　極小の結界内で魔素（マナ）の核分裂反応を引き起こし、その温度を以て核融合エネルギーを取り出し、星の上に疑似太陽を創り範囲内のものをすべて焼き尽くす禁忌半歩手前の大量破壊魔術。試験の結界を壊さない程度の威力には抑えるつもりだがヴァンは無傷では済まないだろう。なんとか耐えて、と心の内で願いながら詠唱を終えた魔術を起、

　殺気に満ちたルミナと目が合った。

　その瞳がこう言った。

『ヴァンを殺す気？』

　ぞわりとした。魔術なんて使われていないのに全身が凍り付いた。その視線だけで殺されると思った。これは姉だ。間違いない。たとえ表出したキャラが陰気なそれに変わっていようが中身はぜんぜん変わってない本物のルミナだヤバい死ぬ。

　早く撃たなきゃ死ぬ。

でも撃ったら殺される。

その逡巡が命取りだった。

まず背後、次に左斜め後ろ、その次に右の足元、そして正面。先にヴァンが無視した四本の矢がいつの間にか自分を取り囲んでいる。まさか矢（これ）、遠隔操作もできるのか。

そう気付いた時にはもう、クロエは四方向から貫かれて意識を喪失していた。気絶する間際、矢に込められた魔力から聞こえたのは、

『ヴァンを殺していいのは、私だけ』

そんな、決意とも覚悟とも違う、強い慚愧の念に駆られたような、姉の声だった。

☆ ☆ ☆ ☆ ☆ ☆

クロエが墜ちた。死んでいないのは魔力でわかる。気絶していても浮遊魔術のセーフティが起動して、無事に降着するだろう。

問題はこっちだ。

七星剣の余波魔力でルミナは中空に浮いている。彼女を中心とした煌炎の球体が出来ている。わかりやすく言えばそれは『真っ白な太陽』で、対峙するだけでも精神力と魔力を持っていかれる。なのに、ルミナは高々と剣を掲げ、さらに魔力を集めている。

あまりの魔力量に周辺の景色が歪み、通信魔術（コール）のオープンチャンネルでは受験生と試験官への

退避命令とルミナへの即時戦闘中止命令が出されているがノイズでよく聞こえず、ただ目の前にはあの頃より遥かに美しくなったルミナが、あの頃より遥かに強大な力で自分をねじ伏せようとしている。

　クロエの施してくれた強化魔術（バフ）が切れるまであと数秒しか残っていない。迷っている暇はない。あちらが抜いたのであれば、自分もまた応じるしか術はない。ヴァンは息を吸う。頼むから、

「抜刀――天照大神草薙大刀（てんしょうたいしんくさなぎのたち）」

　頼むからルミナには、大けがをしないで欲しいと思う。

ヴァンの半径2メートル半分と少し、すなわち、冷え冷えとした刀身の長さと同じ距離から他（た）の魔力が失われる。神刀から放たれた気で、ルミナから放たれる魔力の一切合切がこちらへ届く前に掻き消えた。あちらが太陽ならば、こちらもまた太陽であった。輝く双つの恒星がぶつかりあう。

　神剣を抜刀したおかげで通信魔術（コール）が届くようになり、

『そんなの撃ったら結界もろとも街が吹き飛ぶでしょうが！』

『ヴァンなら大丈夫』

『ヴァン（その子）じゃなくて街がヤバいんだって‼』

　と誰かが叫んでいるのが遠くに聞こえたときにはもう、ルミナは大上段に構えた両手剣を振り

下ろしていた。輝くほどの自身の魔力に、宝剣の放つ煌炎を纏わせ、神龍の咆哮を再現した何もかも焼き尽くすような恐るべき剛の一撃。天にまで届かんばかりに伸びた極光が、ルミナの剣(つるぎ)となって振り下ろされる。

その先には水面のように落ち着いた剣士がいる。ヴァンは半身に構え、腕を交差し、頭の真横に刀を置いていた。他流では『霞の構え』と呼称され、七天理心流でもそれは同様で、しかしこれより使用する剣術はそのどれでもなく、名称すらない。強いて名付けるとすれば、

「神剣術理(しんけんじゅつり)──」

神が使う剣の術理である。

「無明(むみょう)の太刀」

ヴァンがルミナの斬り下ろしに合わせ、自身もまた刃を旋転させて振り下ろす。真っ向から双つの星がかち合う。ルミナの天にまで届く極光剣を、ヴァンの凝縮された神刀が向かい打つ。

二つの強大な力がぶつかりあうも、森の結界を破り、街をもろともに吹き飛ばすはずの衝撃は、しかし起こらなかった。まるで対消滅したかのように、ルミナの魔力とヴァンの神気が消えていく。

実際には、ヴァンがルミナの魔力を斬り、そして刀の力を使い果たしたのだ。

そこに理解が及んだものがこの場にどれほどいたか定かではないが、この次の行動は誰にも読めなかった。

ヴァン以外には。

――あのルミナが、これだけで終わるはずがない。

ただの力任せな一撃なら怖いものは無いのだが、こいつは技も持っているから油断できないのだ。素直すぎる打ち込みはただの囮に過ぎない。力で劣る自分が何らかの術理を以て剛撃を殺（ばか）すのはあちらも承知のはず。手の内は知れている。お互いに。そら来た。

完全に断ったはずの魔力が、渦を描いて再びルミナに収束していく。

これが狙いだったとは思えない。魔力を斬るなんてのは誰にも見せたことが無いし、ここ二百年は例がないとシロも言っていた。つまりこれはルミナの応用（アドリブ）であり、窮地に立たされて初めて至った新技に決まっていた。

ごう、と風もないのに風の音がする。大気に満ちる魔素（マナ）が唸りを上げる。周囲全部がルミナになったようで、周囲全部に邪気が混じっている。

――新しいことをやるよ、ヴァン。

自分には、ルミナの笑っている顔が視えた気がした。

まるで、夜の暗闇に輝く星のように。

ルミナは体ごと両手剣を回し、大気の魔素（マナ）を巻き取るようにして再び練り上げる。途端に周囲から音が消え、場違いなほどの静寂が降りてくる。付近一帯に満ちたあらゆる魔力を根こそぎその身に奪い取った七星剣が、先のヴァンのごとく力を凝縮していく。

一目見ただけで技を真似（パク）られた。いや、あいつは自分用に昇華させている。恒星級の魔力を得物（つるぎ）から放出するのではなくルミナ自身が吸収している。

数秒前のルミナには『溜めた魔力』は撃つことしかできなかったはずだ。それが今や『溜めたまま』のその魔力で戦える状態になっている。一瞬で守破離を終えた魔術の天才に、しかしヴァンは臆さず仕掛けてた。手の内は知れているのだ。お互いに。

ルミナがそれくらいやるってことは、ヴァンにとって、太陽が東から昇るくらい当たり前のことなのだ。

踏み込んだヴァンは、右へ傾ぐように軸を移動させながら左腕一本で柄頭を持って長刀を振るう。間合いは一足一刀の遥か外。だが長刀なら届く。ルミナの周囲から球体状の魔力が消え、彼女の両手剣から極光が消えたことで、長さの有利はこちらにある。

ルミナの握る右手を狙う一撃は――しかし外された。長剣は両手で持つのが基本であるが、相手はこちらの切っ先が届く前に右手を握りから離したのだ。まずい、次が来る。

そう思った時にはもう、相手の右足は地面が割れるほど強く踏み込まれ、宝剣から生み出されルミナの丹田で練られた魔力が足を通じて地を流れて自分の体内に流れ込んできた。震脚。地面から足の裏を通じて身の毛のよだつ破壊の予感を覚える。

それだけで王都が壊滅するような衝撃を、しかしこちらは魔力を清流のように大気へ逃がすことで殺(ばか)してみせた。上空に蝶の羽の模様のような魔力光が街を丸ごと覆うほどの巨大さで咲いたが観賞している暇はない。右足の踏み込みはもちろん連撃の第一段階(はじまり)に過ぎず、震脚でこちらの動きを止めたあとで今度こそ当てようと左の掌底が繰り出される。が、

――それは偽装(フェイント)。本命(ねらい)は右。

右の太刀が来る。

ルミナが、驚いているように、見えた気がした。

右足で踏み込み、左手をいかにも突き出そうと構えて見せつつも、相手の意識は右腕にあり、そして予想通りに右の太刀が来た。

水平に振るわれた相手の七星剣に、自分の草薙太刀の腹を当てるのではなく添わせ、握った右手を支点にしてテコを使って打ち上げる。空中に放り投げられた七星剣はその身を七つに分裂させ七本の剣となり降り注いでくるが知ったことではない。わざわざ敵の攻撃が来るまで待ってどうする。その前に斬りかかるに決まっている。なにせ相手はまだ死んでいない。

剣を飛ばされた時点で動きの質が剣術から柔術へ本格的にシフトする。やはり恐れも迷いもなく、地を這うように足を取りに来た相手の額に、自分は、弓を引くように、三日月のように、長い太刀を円（まる）く振るった。

七つの剣が降り注ぐ。

神の太刀が薙ぎ払う。

ヴァンの身体に分裂した七本の七星剣の切っ先が触れたのと、ルミナの頸に草薙太刀の刃が触れたのは、同時だった。

「そこまで」

剣聖の軍服に身を包んだ青年が、二人の間に割って入り、二刀の片手剣をそれぞれの頸に突き付けている。

「双方、剣を引け——と言うまでもないな」

ヴァンの身体の上には七本の剣がぴたりと止まっている。

ルミナの頸には長刀がぴたりと止まっている。

二人ともが、ぎりぎりで止めたのだ。

「だが、やりすぎだ。ルミナ、お前、自分の立場を忘れてはいないか？」

「……マルク」

ルミナは、マルクと呼んだ青年をじっと見た後、ふいっと背中を向けた。ヴァンにちくちく刺さっていた七星剣が掻き消えて、ルミナの手の中に、一本の両手剣として出現する。一言、

「すまなかった」

と発した。

マルクは、剣と身体を引いたヴァンを見て、

「うちの隊長が世話を掛けたな、受験生」

それだけ告げると、二刀の片手剣を鞘に納めて、十歩ほど下がる。もう自分の仕事は終わったとばかりに黙ってしまう。

ルミナはヴァンを振り返り、長い髪を指で梳いた。

「……邪魔じゃなかったよね？」

その問いかけに、ヴァンの精神はいっぺんに昔に戻った。

『長い髪。お母さまみたいに伸ばそうって思ったの』

そう恥ずかしそうに話していた少女が、目の前に蘇る。ヴァンは破顔した。

「ああ、よく似合ってるよ！」

「…………そう」

「綺麗になったなぁ、ルミナ！」

「……………ありがと」

ルミナが頬を染めて、ぷい、とそっぽを向き、ヴァンはニコニコしたまま彼女を誉めそやし、唐突にイチャつき始めた二人にマルクは内心で焦り、そこへ助け船が来た。

「この馬鹿ーーーーーーーーーーーー‼」

副団長のメディーア・ベールディール女史だった。ルミナに食って掛かる。

「何やってんの？　ねぇ何やってんの？　私の命令無視して街をぶっ壊そうとして何やってんの⁇　こらルミナ目を逸らすな」

「ご、ごめんなさい……でも、ヴァンなら大丈夫だか」

「この子を心配してるんじゃないってさっきも言ったでしょうがーーーーー‼」

怒髪天を突く。

地雷を踏む。

いろんな言い方をするがまぁそんな感じだった。

偉いお姉さんに首根っこを掴まれて引っ張られてルミナが、しかしその手からしゅるりと猫のような柔術で逃げて、ぽかんと立ち尽くすヴァンのもとへ戻ってきた。あのね、私ね、

「まだ待ってるから」

ヴァンは驚いたように目を見開いて、うん、と頷いた。

「必ず追いつくよ」

二人は右手を交わす。

「二人で一緒に、双聖騎士（ディオスクロイ）になろう」」

まだ、憶えてくれていた。あの約束を。

二人とも、同じように、そう思っていた。

☆

メディーア副団長の後ろについて、ルミナとマルクが歩いている。

ルミナは神剣を鞘に納め、その鞘も特殊な魔石に封印し、胸にしまう。……手が、痺れている。

「どうした、ルミナ」

マルクが尋ねてくるのを、彼女は「なんでもない」と隠した。

——やっぱり、ヴァンは特別なのね。

自分の神剣と打ち合って無事で済んだ人間は初めてだった。王都に来た頃はまだ、隣を歩くマルクや騎士団長には敵わなかった。だが、学園を卒業し、七天教会総本山から七星剣を賜ってからは、誰よりも強くなっていた。敵が無い——文字通りの無敵だった。それは己の剣術・魔術が上達したからでもあれば、七星剣によってさらに力を引き出されたからでもある。

騎士団へ入り、剣聖に選ばれ、強大な魔物を討伐した。

そんな自分でも、ヴァンを倒しきれなかった。

あのまま続けていても、自分はなんとか勝てただろうとは思う。だが、相打ちに等しい勝利のはずだ。そしてそれは、あの神狼の望むところではないだろう。

『お前はヴァンにとっての星となれ』

彼に追いつかれれば、彼は死ぬ。

幼い頃に交わした契約を再確認し、ルミナはふぅーと長い息を吐く。

夕暮れの空を見上げる。

二つの星を見上げる。

「もっと、強くならないと」

決意と共に、そう呟いた。

☆

数日後、試験結果が出た。

ヴァンはぎりぎり合格で、主席はクロエだった。

「さすがクロエー！」

頭を撫でられまくって嬉しそうに妹分がドヤる。

「でしょー！　とはいえちょっと自信なかったから良かったー！」

「クロエなら心配ないよ」

「ヴァン兄の方が心配だったものね、ある意味」

剣聖ルミナと引き分けた人間が評価されないことはないだろうが、やりすぎたのは事実なので心配だった。王国軍も、騎士団も、集団行動なのだ。どれだけ強くてもバーサーカーは必要ない。

王国騎士団宿舎前の広場にて、合格者向けの説明会が始まっている。

今回の合格者数は九名。補欠が二名。バカルディ三兄弟もちゃっかり合格していた。

説明会場でも、クロエは同期や先輩からも一目置かれている。「ルミナの妹」「器用な万能術師」「秀才」……と噂されている。

一方、ヴァンは、戦闘試験で注目を集めたものの、魔力1なので冷たい視線を浴びていた。

「なんでアイツが」「ゴブリン以下の魔力のくせに」「カス魔力がよ」。とはいえヴァンは気にしていない。むしろクロエに迷惑がかかることを心配している節もある。

「なぁクロエ。試験は終わったし、もう俺のお守りはしなくてもいいよ？」

「何言ってんの。ヴァン兄は貴重な戦力なんだから、手放すわけないでしょ。試験を見てなかった先輩たちだってすぐわかるわよ。ヴァン兄がどれだけ規格外（ヤバい）かって。むしろ私の方が……」

足手まといにならないか心配、とどうしても口に出せない。言っちまったほうが楽になるのに。

さらにその数日後には、ヴァンたちは入団式を終え、王国騎士団へ正式に編成された。

真新しい制服に身を包み、彼らが編成された部隊は——ガーランド隊。

隊長、ヴァン・ガーランド。

「なんでいきなり隊長？」

「最初のうちは、模擬戦の時のチームが、そのまま部隊として採用されることが多いんだって」

「ってとは……」

もうひとりいる。

ヴァンとルミナが引き分けた模擬戦での生き残りは、たったひとりだった。ガーランド隊の最後の一人は彼である。

「ど、どうもっス……。あー、なんかすいません……」

じめじめした青年が、一番年上のくせにやたらと腰が低く挨拶した。

「アレックス！」

「あなたも合格してたのね！　よろしく！」

「……うっす」

——剣聖ルミナと引き分けたヴァンに、攻撃と補助両方の魔術を使いこなすクロエ。この二人と一緒なんて、足を引っ張りそうでプレッシャーやば……胃が痛い……。

と、アレックスは思ったが、もちろん言えるような性格ではないので胸にしまう。言っちまったほうが楽になるのに。

ともあれこれで、神聖プレイアデス王国騎士団・第30位・ガーランド隊、結成であった。部隊表の一番左に記された自分たちの名前を見て感慨深くなるヴァンと、機嫌が悪くなるクロエ。

「なんで一番下なの？」

隣でニコニコしている魔力1の兄を見て、上層部の判断を察し、ため息をつく。

「はぁ、まぁいいけど」

「……自分にはちょうどいいっス」

とアレックス。どこかホッとした様子だ。

ヴァンは二人の前に手を向けた。首をかしげる二人の手を持って、自分のそれに重ねる。

「ここから駆け上がろう！」

気を取り直したクロエが応える。

「もちろん！」

陰気な青年もおずおずと、

「……うっす！」

三人で手を上げた。

「「「おー！」」」

☆　☆　☆　☆　☆　☆　☆

「記念すべき初めての任務ね！」

「うお、でっか……！」

「動きが速すぎて見えないっス！」

騎士の仕事は、基本的に魔物討伐である。

全部で三十隊にまで膨れ上がった神聖プレイアデス王国騎士団は、上位・中位・下位とそれぞれ十隊ずつに分かれて任務を遂行する。上位部隊の更に上には『上層部』と呼ばれている騎士団の意思決定を司る集団があり、団長・副団長はもちろんのこと、直接戦闘に関わらない会計・開発・監察方の各幹部や、上位の一部の騎士などが該当する。

騎士団は王国軍の少数精鋭の選抜部隊という位置づけではあるが、独立愚連隊としての側面も持つ。騎士団自身が『王国の危機』と判断したのなら、国王や宰相の命令を待たずに出動できる。それだけの自由と裁量を持たされている。

その自由と裁量を以てして、一番下っ端のガーランド隊は――芋掘りを行っていた。

騎士団の下位部隊に持ち回りで行われている地域貢献をスローガンに掲げた毎年恒例の新人強制参加イベントであった。王国兵を数年経験し、厳しい選抜試験をようやく潜り抜けた先に待っていたのは、街壁の外に広がる畑仕事なのである。

貴族のバカルディ三兄弟はキレてサボって懲罰を受けたそうだが、ガーランド部隊はその辺がひとあじ違う。なにせ主要メンバーからして精鋭ぞろいだ。全体の２／３が畑仕事と共に育ったどこに出しても恥ずかしくない田舎者なのである。いや２／３っていうか、三人しかいないんだけど。

そういうわけで捗った。慣れたもんであった。クロエはオーガの渾身の一撃を防ぐ土壁だって作れるに違いない操土魔術で丁寧に丁寧に土を掘り出し、無駄に強力な強化魔術を掛けられたヴァンがあっという間に芋を掘りつくし、アレックスはいちおう街壁の外なので周囲の警戒をしつつ畑主と一緒に茶をしばいていた。

三日分の仕事が一日で終わったと喜ぶお爺ちゃんお婆ちゃんの顔が、故郷の領主さまの顔にダブって見えた。

余った時間で何をするか。人間は余暇をどう過ごすかで価値が決まる、としたり顔で言うやつもいる。残念ながらヴァンもそのひとりである。騎士団の訓練場の端っこで、ガーランド隊隊長が朗らかに言う。

「修行しよう！」

「「えぇー……」」

「心配いらないよ！　先生は俺じゃないから！」

「心配じゃなくて遠慮したいのよ」

「先生が他にいるんスか？　騎士団の教官、今日は忙しそうだったスけど」

「うちの神様を紹介するよ！」

そうヴァンが答えると、彼の神刀からしゅるりとシロが出てきた。

「わーいシロだー！　ひさしぶりー」

「……もふもふっすね。触ってもいいっすか？」

「わふ」

クロエに抱き着かれるシロは満更でもなさそうだ。アレックスも恐る恐る背中を撫でて、

「この白い犬が先生なんスか？」

「わふ」

神様を犬呼ばわりした不届きものとして甘噛みされた。

「頭から行った！」

「わぁ、久しぶりに見たわねー」

「できればでいいんスけど、助けて欲しいっス」

二人がかりで助けた。

「シロは狼だから、犬って言うと怒るんだよ」

それ早く言って欲しかったなぁ、とは言えないアレックスである。その隣でクロエが、

「ていうか、シロが先生なの？」

「うん。俺もずっと修行つけて貰ったんだ」

「狼に？」

「教え方が上手いんだよ、シロは」

「喋れないわよね？」

「俺が通訳するよ」

「「不安だ……」」

「シロの指導通りに、とりあえず瞑想から始めようか」

座禅を組んだ瞑想には集中力と魔力を鍛える効果がある。魔術学的にも解明されている。他の二人はしぶしぶ従った。千里の道も一歩から。石の上にも三年。完璧さよりも進歩が大事。そんな掛け声をかけられた気がする。

白い狼の前で、三人とも座禅を組むと、それぞれに反応が表れた。

クロエは綺麗な姿勢だ。瞑想に集中して魔力が立ち昇るが、たまに途切れたりする。

アレックスは姿勢が安定せずふらふらする。魔力もとぎれとぎれだ。

ヴァンは全く魔力は出ないが、姿勢はぴしっとしており、微動だにしない。

朝から始めて、太陽がてっぺんに昇って、そして日が暮れた。

大の字に寝転がっているアレックスが、

「とりあえず、とか言っておきながらいきなり10時間……キツイ……死ぬ……」

その横で同じようにへばっているクロエが、

「久しぶりにやったけど、やっぱ疲れるわね……」

二人の間を白いもふもふが通り抜けて一言、

「わふ」

ただ一人、元気に立っているヴァンが翻訳した。

「クロエは基礎を怠っていたな。応用も良いが、まずは基本を固めろ。アレックスは問題外だ。姿勢から出来ていない。斥候がそんなことでどうする。……だって」

「はぁい」

「き、きびし……」

ヴァンが白狼を見て、

「俺は？」

『ちっとも効果が出ないが、瞑想そのものは上手い。二人の手本になれ』

「はい！」

ちっとも効果が出てない割に良い返事だ……と思うクロエとアレックスであった。

今日も平和に日が沈む。

☆　☆　☆　☆　☆　☆

繰り返すが、騎士の仕事は基本的には魔物討伐である。

それは王国軍兵士も同じだ。

とはいえだ。都(みやこ)の兵ともなれば魔物討伐なんてほとんど機会が巡ってこない。街中の喧嘩や窃盗といった犯罪を取り締まったり、迷子と酔っ払いの相手をすることの方がよっぽど多い。たまに、騎士団にくっ付いて近辺のダンジョンへ『掃除』に行くくらいである。

今日はその掃除の日だった。

王国軍に入隊して早二十年、王都に配属されてからは五年目のベテラン、ズブニク部隊長は、割り当てられた騎士団部隊の名称の後ろに（新人）と記されているのを見て、めんどくさそうに頭を掻いた。

その騎士団の新人どもが、王都兵の間で噂になっている凸凹チームであることに気付いてため息をついた。英雄の妹と、冴えない弟と、魔力値1のカスだ。

ダンジョン内の魔物掃討は騎士団の仕事である。王国兵は彼らの援護と、取りこぼした魔物を抑えるのが仕事だ。しかし今回はどうやら、自分たちが大部分を掃討しなくてはいけなくなるようだ。怪我人が出ると報告書類を書いたり事務処理が面倒なので極力避けたいのだが……。

「ったく、ついてねぇぜ」

先代国王の影響でサボりやすくなっている昨今ではあるが、いつものように『騎士どもが魔物を討伐してるのを後方で酒を飲みながら待つ』というわけにはいかないようだ。部下たちに武器と防具のチェックを命じはしたものの、ズブニクは久しぶりに抜いた剣がやや錆び付いているのを見なかったことにした。

先代国王とは打って変わって真面目な現国王の政策のせいで、これ一本変えるだけで死ぬほど面倒な手続きが必要になったため、どうせなら戦闘で折っちまった方がラクなのである。要は横流しで儲けようとする輩を減らすための施策だから、折れた剣と交換なら手続きも簡単で済むのであった。ま、ズブニクも例に漏れず副収入が途絶えた口ではあるが。

今さら説明することでもないが、魔物は霊脈から湧いてくる。人類種族を妬み、憎んでいる彼らはヒトを襲う。だが奴らは倒すと魔石という資源になる。

魔物が人里に来襲しないよう、また魔石を安全に回収するため、王国兵は騎士と協力して、都の近くにあるダンジョンを掃討する。ダンジョンは大小いくつもあるが、頻繁に行くのは五つ。どれもすでに最深部まで調査攻略済みなので、ルートも罠の位置も把握してある。ダンジョンに本来住んでいた天神はとうの昔に天界へ戻り、いまは王都の魔石収集場および新人騎士どもの実践訓練の場となっている。

その新人騎士どもがやってきた。隊長は魔力カスの坊主だ。本来なら格下であるはずの自分たち一般兵士に「おはようございます！　今日はよろしくお願いします！」デカい声で挨拶をしたのは褒めてやる。

騎士なんてやらなくてもその顔だけでどこぞの伯爵に娶られそうな後衛の嬢ちゃんが後に続く。『剣聖ルミナの妹』ということは貴族であると同時に田舎者でもあるため自分たちがコナをかけても問題なさそうだが、同時に『剣聖ルミナの妹』というだけでやたら面倒なことになるのは目に見えているので部下たちも大人しくしていた。賢明な奴らだ。

最後に陰気な斥候の男が、注意ぶかそうにこちらを見ながら後に続いていった。癇に障る、嫌な目だ。

そんなこんなでダンジョン掃討開始。

「……マジかよ」

今回は自分たちが掃除を担当することになりそうだと言ったが、あれは訂正する。

騎士の称号は、伊達ではなかった。

魔力カスの坊主の動きが全く見えない。なんだあれは。同じ人間とは思えない。

剣聖の妹の強化魔術（バフ）も目に見えてすさまじい。前衛と後衛と斥候（じぶん）、さらに後ろで傍観しているこっちにまで防御魔術が掛けられている。

陰気な斥候は目が良かった。耳も良かった。罠魔術はもちろん、自衛すらこなしていた。斥候とはいえ、あの男にタイマンで勝てるやつは自分の部隊にはいないだろう。その斥候が、

「この先……なんかが大量にいるっス。ゴブリンかな……」

「うわ、ヴァン兄の苦手分野じゃん。崩れるかもだから、私もデカいの撃てないし。兵士さんたちー、取りこぼすかも知れないので、後ろにいても気を付けてくださいねー！」

「数が多いと大変だけど、クロエ、アレックス、頑張ろう！」

などと言いつつ、通路に出てきた五体のゴブリンを瞬殺した剣士の坊主――ヴァンは、大広間に出て、五〇体ほどのゴブリンの群れに突っ込んでいった。剣聖の妹クロエは後ろで強化魔術（バフ）と回復を重ね掛け。斥候のアレックスは索敵を継続し、注意を怠らない。後方でただ待機している兵士（じぶん）たちすら警戒している。

　アレックスがボスのトロールを発見。報告と同時に、拘束魔術をかけた。ヴァンが「おっ」と

いう顔をしたのもつかの間、あっさりボスを倒してしまった。これであと数か月は出てきまい。呆気に取られていた部下二名のケツを蹴り上げて、報告に走らせる。すぐに魔石回収班がやってきて、地面に散らばった資源を拾い上げていった。

三時間ぶりに陽の光を浴びる。ダンジョンのボスを倒したのに日が落ちていないのが驚きだ。こっそり忍ばせてきた酒を飲む暇もなかった。今日は昼から酒場に繰り出すとするか。だがその前に、

「ガーランド隊長」

声を掛けたが無視された。いや、気づいていないらしい。もう一度呼ぶと、「あ、俺のことか！」と振り返って謝られた。

「今日はラクができた。ありがとうよ」

「はい！　こちらこそ、いつも街を守って頂き、ありがとうございます！」

にこにこと笑って、そう頭を下げる。その手に二メートル以上の長刀を持ち、まだ蒸発しきっていない魔物の返り血で全身を真っ赤に染めてなければ、修行中の僧侶か神官に見えただろう。

馬車で街に戻り、三人を見送ると、最後まで自分たちをぎらぎらした目で見ていた斥候のアレックスが、少しだけ頭を下げて、立ち去って行った。奴の視線の先はズブニクの懐――に忍ばせている酒がある。

「おっかねぇな……」

ルミナの妹が可愛かった、と盛り上がっている部下たちに「やめとけバカども」と釘を刺して

おこう。あの斥候の目を掻い潜り、あの前衛の剣にぶった斬られる覚悟があるとは、思えない。

☆

「クロエ、大丈夫か？」

ダンジョンを掃討して、馬車で街に戻ってくる途中のこと。騎士隊と兵士隊は別々の馬車だからこそ、聴けることもある。クロエの調子が少し悪そうだった。

「ん、大丈夫……だけど、ちょっと疲れたかも。ダンジョン掃討ってなかなか慣れないわね」

「緊張してたんじゃないか？　クロエはあがり症だからなぁ」

「ヴァン兄が能天気すぎるだけでしょ」

「はははははは」

「なに笑ってんのよ」

「いや、その言い草、昔のルミナにそっくりだ」

「お姉ちゃんかー」

馬車の幌を見上げて、クロエがぽつりとつぶやく。

「これがお姉ちゃんだったら、閃煌魔術でもっとみんなを援護できたのに」

「クロエだって十分援護できてたよ！　アレックスもそう思わないか？」

「んぎょえっ⁉」

　兄妹仲がいいっすねぇ～と呑気に見守っていたら突然に話をフラれてキョドるアレックス。

「そ、そ、そッスね。クロエ……は、めちゃくちゃ援護出来てたと思うっス！」

「ほら、な！」

「…………そう？」

「そうだよ！　俺には敏捷と防御、アレックスには防御、自分にも魔力強化（ブースト）と敏捷と防御をかけて、兵士隊にも広く防御かけて、戦闘中の遠隔回復までやるんだから！　な、アレックス？」

「そうっス！　自分もそう思うっス！」

　クロエはもう一度、幌を見上げて、

「……ん、ありがと」

「アレックス、これ嬉しそうな表情だから。クロエ、ちゃんと喜んでるから。誤解しないでやってな」

「りょ、了解っス！」

「ヴァン兄やめて恥ずかしい」

　クロエが手を顔で覆った。ヴァンはにこにこしながら斥候に向き合う。

「アレックス、今日も凄かったな！　本当に索敵が上手いんだな！」

「そ、そ、そっスかね？」

　真正面から褒めてくるヴァンはちょっと苦手だが、同時に嬉しいとも思っているアレックスは、隣で顔を隠しているクロエの気持ちが少しわかった気がした。

「あと最後の拘束魔術！　掃討任務で使うのは初めてだったけど、模擬戦で使ったやつだよな？　ゴーレムに化けてたルミナを止めたやつ」

クロエが顔を覆ったままピクリとしたのが、アレックスには見えた。

「そうっスね……？」

がっ、とヴァンが両肩を掴んできた。思わず正面を向く。視界一杯にうつる満面の笑み。

「凄い！」

「……は」

「凄いじゃないか！　あのルミナを止めるなんて！　教会でもそんなやつはいなかったよ！　本当に上手なんだな！　たくさん修行したんだろうなぁ！」

「は、い、いや、べつに、そこまでは……」

「クロエもそう思わないか？」

振られたクロエはもそもそと姿勢を正すと、「うん」と言った。真顔で。

「悔しいけど、私にはできない。すごいと思う。相性が良いんじゃないかな」

「『相性？』」

「斥候系の魔術との相性。アレックスのね。ていうか……だから斥候になったんじゃないの？」

「あー、いやー、まぁ、そうっスね……」

目を泳がせるアレックス。

「これからも俺たちの目となり耳となってくれ、アレックス！」

にっこにこの隊長が全幅の信頼を置いた目で自分を見てくる。眩しい、とアレックスは思う。

「は、ハイッス……」

「……なんでみんな、顔を隠すんだ？」

「それくらいにしてやって、ヴァン兄……」

クロエがアレックスに同情したその横で、馬車から少しはみ出していた長刀がしゅるりと狼の姿になる。驚く暇もなく、

『クロエの言う通りじゃな』とシロが言うのでヴァンが同時通訳する。『基礎が出来てないのにあの精度の高さは相性によるもの。基礎を固めればもっと強力になる』。

クロエとアレックスが同時に、

「「嫌な予感がする」」

「今日は早めに終わったので帰ったらまた瞑想……だってさ」

今日は早めに終わったので帰ったらゆっくり休もうと思ってた二人が馬車の幌を見上げた。

「「つら……」」

ガーランド隊、西のダンジョン掃討時間の記録更新。雑魚・ボスの難易度も加味してランクアップ。30位↓20位。

☆　☆　☆　☆　☆　☆　☆

瞬く間に一か月が過ぎた。

初めて親元を離れた子供たちにとって、それは一瞬の出来事だった。騎士団宿舎で過ごす新生活は何もかもが新鮮で、わからないことだらけで、その都度、先輩騎士や寮長や同期たちに聞いて解決しなければならなかった。食事や風呂の割り当て時間、魔石洗濯機の順番、門限と消灯時間と起床時間、その他あれやこれや。

とはいえ、王国軍の精鋭である騎士団は、一般兵士より遥かに優遇されていた。風呂と便所の掃除はしなくていいし、ベッドシーツは週に一度は交換できるし、食事だって毎日五種類以上のメニューから選べるし、人数が少ないから入浴時間だって長いし、任務の集合時間にさえ間に合えば門限なんてあってないようなもの。

……と、数年の王国軍一般兵を経験したアレックスが熱く語っていた。イイっスか、俺たちは恵まれてるんスよ。

とはいえ、とはいえだ。もともと幼い頃から教会で集団生活を過ごし、なおかつ『長男』として小さい子供たちの面倒を見ていたヴァンにとっては余裕だった。一人用のベッドが狭くない個室に置かれている。自分だけの部屋である。小躍りして妹に通信魔術（コール）したのは何を隠そうヴァンである。

問題はクロエの方で、腐っても実家が領主貴族だった彼女はなにもかもわからず、しょっちゅう泣きそうになりながら通信魔術（コール）を掛けてきては、男子寮のヴァンが「すいません、うちの妹がすいません」と女子寮の門扉まで歩いて行った。

他の女性騎士は癖の強いひとたちばかりらしく、見かねた副団長のメディーア・ベールディール女史がクロエを引き取り、手取り足取り生活を教え、一週間を過ぎた頃にはクロエはすっかり懐いてしまった。一回だけうっかり「お母さん」と呼んでしまったことを気に病んでいる。

Q、姉はどこへ行った？

A、姉は飛び回っている。剣聖は忙しいのだ。

副団長ともなると、風呂は部屋に付いてるし食事も外で取るので、クロエはもちろん、ヴァンやアレックスも一緒に連れて行ってもらったりした。そこでルミナの多忙さを知り、ついでに、

「アンタたち、騎士団で話題になってるわよ。いい意味でね」

パスタをくるくる回しながら、メディーア副団長が笑う。

「ま、当然だわ。入団一か月で20位まで上がったんだもの」

副団長の隣に座るクロエが尋ねた。

「それってそんなに凄いことなんですか？」

「そりゃね。いくら――」

フォークに丸めたジェノベーゼをひと口、もぐもぐ、ごくん、

「いくら騎士団の下位部隊はランク変動が激しいとはいえ、いきなりここまで上がるのはそうそ

う無いわよ」

「「へぇ～」」

パエリアを掬いながら、ヴァンとアレックスが同時に感嘆した。副団長は二人を見て、

「魔力1とはいえ、実戦にはちゃめちゃ強いといわれる七天理心流のヴァン隊長。マテラス教会の秀才であり剣聖ルミナの妹クロエ、そして――」

カットされたチキンの香草焼きをひと口、もぐもぐ、ごくん、

「そして、ルミナと同じく剣聖マルクの弟・アレックス。アンタたち三人なら、もっと上まで行くかもね」

ヴァンが元気よく、

「もちろんです！　クロエとアレックスは、とても凄いやつらです！」

「ヴァン兄もね」

「隊長の『双聖騎士になる』って夢、けっこう現実味があるっスよ」

照れて笑うヴァン。

「そ、そうかなぁ～！　二人にそう言ってもらえると、俺も自信がわいてくるよ。ありがとう！」

「「いえいえ」」

副団長はワインをひと口、ふた口、さん口、そして一言、

「若いっていいわねぇ～」

赤ら顔でそうこぼした。

「あ、そうだ」

そして思い出したように、

「明後日からの護衛任務、ルミナ隊と合同だからって、あんまりはしゃいじゃだめだからね？」

☆

人間ひとりと手荷物程度なら一瞬で長距離を移動させてしまえる転移魔術陣だが、魔術陣という以上、それを張る者が存在する。ダンジョンや古塔などには天神の残した陣もあるが、王都の転移港などに設置された陣はヒトの手によるものだ。

転移魔術師。

各地に転移港を作る上級魔術師の俗称である。その技術は貴重であり、人間国宝にも等しく、となれば命や身柄を狙われる危険は多い。ましてや辺境や僻地に転移港を設置するともなれば、輸送中が最も狙われやすい。

彼らを護衛するのも騎士団の仕事の一つであり、今回は序列第1位ルミナ隊と、第25位バカルディ隊、そして第20位ガーランド隊が選ばれた。正確に言えば、ルミナ隊が任され、ガーランド隊及びバカルディ隊は勉強のために着いていく形だ。

各員は届く範囲ぎりぎりまで転移魔術を使い、そこからは当該領地の兵士が加わり、魔術によって強化された騎馬と馬車で進む。順調にいけば合計一週間ほどの行程である。

その『範囲ぎりぎりまでの転移魔術』で、クロエがいきなりへたばった。ヴァンと自分の二人分の転移魔術を使ったからで、王都に来た時にもやったアレである。

バカルディ三兄弟・長男エイサンがクロエを担ごうとするのを、アレックスがさりげなくガードし、ヴァンは慣れた様子でクロエを背負うのであった。

輸送隊は、街道沿いの草原をキャンプ地とした。すぅすぅと寝息を立てて眠るクロエの代わりに、ヴァンがよく働いてあっという間にテントを設営。教会の孤児たちと共に育ったヴァンは大人数の調理だって手慣れたもので、転移魔術師やルミナ隊にも好評だった。

それは貴族のバカルディ隊も同様で、

「はっ、田舎者の作った食事など」

「どうせ芋臭い味付けなのだろうよ」

「犬にでもやったらどうだ？」

「「「はーはははは」」」

とか笑ってたくせに、大鍋でぐつぐつじっくり煮込まれたりんごとはちみつたっぷり――隠し味はガーランド産のスパイス――のカレーの香りに負けてひと口食べた途端、

「こ、これは……！」

「スプーンが……！」

「止まらない……！」

あっという間に平らげた。

自前のエプロンを身に着けたヴァンがにこにこしながら三人に言う。

「おかわりあるよー？」

バカルディ三兄弟は屈辱に震えながらそれでも、

「「「くっ……！　おかわり……！」」」

食欲には勝てなかった。

バカルディ隊が自チームのテントの前で「屈辱だ」と言いながらもすさまじい勢いでカレーを平らげていくその隣で、

「ヴァン兄のカレーの匂いがする……」

と、目が覚めたクロエが目をこすりながらのそのそと歩いてきた。

「おはようクロエ。まだたくさんあるよ」

「わーい！　ヴァン兄のカレー大好きー！」

「私も好き」

「お姉ちゃん!?」

いつの間にか隣にルミナが立っていた。空の皿を持っている。おかわりしに来たらしい。

「明日からは長い距離を歩く。しっかり食べて休んで」

「あ、はい……」

しっかりクールなキャラになっちゃった姉に、クロエは呆然と答えた。でも、姉のカレー皿が大盛なのを見て、「やっぱり変わってないかも」と思った。

ガーランド隊のテント前に戻ってアレックスと一緒にカレーを食べる。

「おいし」

夜のとばりが落ちる。焚火代わりの魔石角灯（ランタン）がキャンプ地を照らす。

輸送隊の夜はこうして更けていった。

☆

一週間の道中は、学びも多かった。

新人チームの斥候二名は、ルミナ隊の斥候・ヘイデンと共に、輸送隊の行く先々はもちろん、進行中や、休憩に立ち寄った泉、村、街すべてを探索した。アレックスは目が良いが慎重すぎると、バカルディ次男・ビーニトは索敵範囲が狭いのに油断しすぎると評価を受けた。

その甲斐があったのか、アレックスが魔物の群れを発見した。報告を受けたヴァンとクロエが急行しようとしたが、空から光の剣が雨のように降ってきて敵を殲滅した。

ルミナだった。彼女は、輸送中、常に上空で周囲を監視しているのだった。

「相変わらず、すごいな……」

頭上のルミナを見て、ヴァンが呟く。

隣には、ヴァン達と同じように急行しようとしたバカルディ隊の前衛・エイサンがいた。

「あれこそ、貴族の本来の仕事だ。真の騎士だ」

「どういう意味？」

振り返るヴァンに、エイサンが応える。

「本来、騎士とは貴族の子息が務めるべき義務だった。我らのように貴き血を引く者が、だ。……いまは貴様のような下民でも務めてしまえるがな」

ヴァンは、下民と言われて腹が立ったりはしない。後ろでクロエがムッカーとしているのは気付かない。ただ頷いた。

「そうだな。俺は孤児だし」

しかしエイサンは、

「勘違いするな」

と言った。

「これは血の問題だ。孤児であることは関係ない。第一、貴様には育ての親がいるだろう。七天理心流を授けたのは、貴様の父だろうが」

「俺の流派を覚えてたのか」

意外だった。神父を『育ての親』だと言ったことも、流派のことも。

やっぱり悪いやつじゃないんだな、エイサンは。とヴァンは思った。

そのまま口にした。

「ふ、ふん！　良いも悪いもあるか。我らのような恵まれた生まれの者が――貴き血を引く者が、下民どもを守ってやらねばならん。貴族とは、騎士とは本来そういうものだ」

ちょっと照れてる？

「下民じゃなくて平民って言いなよ。でも言ってることはわかる。ルミナも同じようなこと言ってた」

と、ヴァンは上空でぴたりと停止しているルミナを見上げた。クロエが言うには、飛翔系魔術は、ふよふよと浮いたり高速で飛ぶより、ああして微動だにしない方がよっぽど難しいのだという。「飛び方ひとつで技術がわかるの」とそれっぽことも言っていた。

エイサンが同じように頭上を見て、

「剣聖ルミナか……。いずれあの域まで到達してみせる」

「エイサンも？」

「何がだ」

「ルミナに追いつこうとしてるのか？」

「当然だ。騎士団最強の騎士――次代の剣聖となるのはこのエイサン・バカルディだ。まさか貴様、この俺には無理だと――」

言うつもりではないだろうな？　と続けようとしたらヴァンがいきなり顔を近づけてきた。興奮気味に、

「俺もだ！　ルミナに必ず追いついてみせる！　一緒に頑張ろう！」

エイサンが目を細めた。彼が苦々しく思っているのをヴァンは知らない。エイサンの脳裏に蘇

る、模擬戦で浴びせられたあの一太刀。

──貴様、とっくに剣聖ルミナと互角だろうが。いや、剣だけならあるいは……。

だが素直に言ってやる気はエイサンには無い。ぷいっと顔を背けて、

「………誰が貴様などと」

「つれないやつだなぁ」

「馴れ馴れしくするな」

つっけんどんにされるヴァンだが、ここで引いたら負けだと思っている。だって──

「俺たち、同じ騎士団の仲間じゃないか。しかも同期！　仲良くしよう！」

エイサンはすっと目を伏せた。淡々と言う。

「……騎士団の一員として、貴様らのことはある程度信用している。背中を預ける仲間であるとは思っている」

「そうなのか⁉　やったぜ！」

ヴァンが喜んだのもつかの間、エイサンはカッと目を見開いた。

「だが！　仲良くするつもりはない！」

げんなりヴァン。

「えー？」

エイサンは指をびしっと突き付けてくる。

「勘違いするなよ田舎者！　俺は貴様の剣術は認めている。だがな、同じディナーを囲む友人と

は認めていない！」

「カレー食べたじゃん」

「あ、あれは別だ！　第一、一緒には食べてないだろう！」

「同じ釜の飯を食った仲じゃんかー」

「貴族（われら）のディナーと、野営地のカレーを一緒にするな！」

「そういうもんかー」

ばっさりと断られたものの、しかしヴァンは嬉しそうにニコニコしている。

「でも、そっかー。エイサンもルミナを倒したいんだなー。そうだ、野営地に着いたら二人で稽古しよう！　エイサンの盾剣術――プレアデス新道流だったよな？　じっくり見せてくれよ！」

「断る」

「なんでだよー」

「なんでもだ」

剣術ではヴァンには勝てない。稽古をするまでもない。それに、

「貴様がやるべき訓練は『一対二』の稽古ではないだろう」

エイサンは、淡々とそう言った。

☆

ヴァンがその意味を理解したのは、輸送五日目のことだった。

目的地へ向かうまでの、最後の宿場町。

例によって斥候部隊が先行して入るが、何か変だった。人々の雰囲気が、自分たちを歓迎していない。それはよくあるが、何かに怯えているような印象だったのがおかしかった。

理由はすぐに知れた。この宿場町を事実上仕切っているのは領主ではなく、盗賊団だったのだ。

彼らは他所の都市や街・村で仕事を終えると、ここへ戻ってきているらしい。

そんなところへ王国騎士団が足を踏み入れればどうなるか、火を見るより明らかである。

盗賊団を倒すのはたやすい。だが今回の任務は要人警護である。無用な戦闘は避けたい。

そこで、ルミナ隊の前衛・剣聖マルクが盗賊団と交渉した。自分たちは手を出さない。だからそちらも手を出すな――という不干渉条約だ。

盗賊団からの返答は、条件付きで了承。

「その条件とは？」

宿場町の酒場で、マルクが、ただの気のいい青年にしか見えない盗賊団幹部に尋ねると、

「東のダンジョンから魔物が溢れている。掃除をして欲しい」

「お前たちでも出来るだろう」

「魔物退治はそっちが専門だろ？　俺たちは人類種族（にんげん）が相手なんだ」

マルクはその条件をのみ、盗賊たちは騎士団の逗留を認めた。

そして、ダンジョン掃討の命令が、ガーランド隊とバカルディ隊へ下った。

☆

宿場町の東には、丘をくりぬいたような洞窟の入り口があった。

瘴気が濃い。魔物が多く棲むダンジョンであると、肌で感じる。

「ヴァン・ガーランド」

そのダンジョンの入り口で、エイサンが命じた。

「俺たちが先行する。貴様らは後からだ。いいな」

クロエが苦言を呈す。

「ランクが高い方、つまり私たちが指揮を執るはずでしょ？　ヴァン兄、どうする？」

ヴァンは「んー」と一秒だけ考えて、

「チーム戦闘はバカルディ隊の方が経験豊富だから、任せよう」

「そう？　わかった」

クロエは引き下がった。意外と素直だ、とバカルディ隊の全員が思った。

「では行くぞ」

バカルディ隊が進入する。ガーランド隊も続いた。

ダンジョンとなっている洞窟は、入り口は狭かったが、中はとてつもなく広かった。騎士団の営舎くらいならまるごと入りそうなほどだ。

バカルディ隊の斥候・ビーニトが先行する。掌の上に球状の立体地図が出現した。ルミナ隊に教わった広範囲の探知魔術だ。魔素を音のように飛ばして、跳ね返ってきた情報で周囲の地形や敵味方の位置を知る。

十秒ほどで探知を終えた斥候（ビーニト）は、

「中は広いが、敵の数はそれほどじゃないな。ただ、魔力量のデカいのが上にいくつかいる」

同じく探知魔術を使用したアレックスが同意した。

「そうっスね。地下は数が多くて、この頭上（うえ）に大きな反応があるっス」

ヴァンが、どうする？　という目でエイサンを見た。

「部隊を分ける。貴様らは上に行け。数が多い地下は俺たちがやる」

クロエが質問、

「根拠は？」

「貴様らガーランド隊は、『一発』はデカくても、複数の相手は不得手だろう」

ヴァンとクロエは同時に頷いた。

「なるほど。ヴァン兄は毒針だし」

「そうかも。クロエは大爆発だし」

エイサンが鼻で笑う。

「毒針と大爆発か。相性が良いのか悪いのか、わからんな」

クロエが反論する。

「良いわよたぶん。でも、あんたたちは平気なの？　けっこう多いんでしょ？　敵」

バカルディ長男エイサンは「ふっ」と胸を張って顎を上げた。

「我らは万能だ。いかなる敵に対しても、柔軟に対処できる」

次男ビーニトも胸を張って顎を上げた。

「貴様らのような、攻撃一点突破タイプの脳筋部隊とはコンセプトが違うのだ」

三男シモーネも胸を張って顎を上げた。

「不測の事態こそ我らの強みが活きる――ちょうどいい。それを見せてやろう」

探知魔術に敵が引っ掛かった。小さい点が、十数個ほど接近してくる。

ザコが十数匹やってくる、という意味であり、実際にゴブリンがわらわらと奥に見える。

クロエが何でも無さそうに、

「喋り過ぎたわね」

ヴァンが笑顔で、

「仕方ないさ。作戦会議は必要だ」

アレックスもいつも通りに、

「バカルディ隊だけでやるっスか？」

「当然だ。見ているがいい」

言うが早いが、エイサンが走った。駆けながら片手剣を腰から抜いている。左手には、背中に担いでいた三角盾を装備していた。

斥候ビーニトが、前衛エイサンの後に続く。右手に持つナイフの柄頭と、ブーツのくるぶし部分には、丸い魔石が嵌められている。

二人は身体強化魔術（バフ）を自らに掛けて速度を上げる。身体から淡く光を放つ騎士が突っ込んでいき、ゴブリンたちは狼狽えながらも迎撃しようと武器を構えた。

後衛シモーネが呪文の詠唱を終えた。前衛と斥候に身体強化魔術（バフ）を上乗せする。

狭く、障害物の多い洞窟内では、遠距離魔術は射線が通りにくく、当てにくい。氷の矢は壁に阻まれるし、火球は下手に撃てば爆発して洞窟が崩れる危険性もある。

だが、もちろんやりようはある。

接近したエイサンが、三角盾を前に構えた。中心には魔石が埋まっている。魔術起動、

「――音よ（エイ・スオーノ）」

きぃん、と魔素の『音波』が洞窟内に響いた。近距離で食らったゴブリンたちが硬直する。エイサンとビーニトが、身体を震わせたまま動けない魔物たちを次々と倒していく。

硬直から復帰した生き残りのゴブリンが、よろめきながらもエイサンたちに攻撃を仕掛ける。だが、その身体は突如出現した土の杭によって真下から貫かれた。

斥候のビーニトのブーツが淡く光っている。ビーニトは足から魔力を地面に流し、ゴブリンの真下で土の魔術を起動させたのだ。それは模擬戦でアレックスが使った拘束魔術と似たようなものであり、また、ルミナが使用した『震脚』と――魔力操作技術には天と地ほどの差があるものの――理論的には近いものだった。

そしてその土の魔術は、エイサンも使用できる。片手剣を地面に刺すと、逃げ出して、『音』の範囲外へ行ってしまったゴブリンを遠距離から土の杭で貫いた。

こうしてバカルディ隊はあっという間に敵を殲滅して見せた。

彼らの戦法が優れているのは、魔力の『燃費が良い』という点だった。ルミナやクロエほどの魔力量がなくとも、複数の敵を相手取るのに不足が無い。

ぱちぱちぱちぱちぱち、とヴァンが無邪気に拍手する。

「おおー、すげぇー。音の魔術で硬直させるのかー」

クロエも素直に感心している。

「やるわね。魔力のコスパがいい。必要十分って感じ」

アレックスは猫背でぶつぶつ言いながらしっかり観察している。

「あー……地面を通じて流す……徹すって感じか……なるほど……」

斥候のビーニトがしっかりと周囲の索敵を行って敵の殲滅を確認する。最後まで怠らない。

エイサンが片手剣を鞘に納め、振り返った。

「どうだ！　我らの戦術は！」

どや顔だった。

「今回は土の魔術をメインで使ったが、それだけではないぞ！」

次男もどや顔だった。

「草原ならば草を、河川ならば水を使う。自然(じねん)に沿った戦い方を行うのが、我らバカルディ隊の強みだ！」

ばぁーん、と効果音が聞こえそうなほどの威張りっぷりだった。いっそ清々しいとクロエは思った。ん、でもそれって……。

「七天理心流みたいだな！　わかる、わかるよ！」

ヴァンが嬉しそうに言うのを、エイサンは嫌そうな顔で、

「貴様の田舎剣法と一緒にするな」

「えー、そんなこと言うなよー」

そうだ。ヴァンはもちろん、クロエだって教会で神父様からその教えは受けている。

――『理』にかなった動きをする。『心』にゆるやかに保つ。川が『流』れるように自然と歩む。

バカルディ隊は、奇しくも自分たちが教わった術理と似たコンセプトを持っているようだとクロエは感じた。癪だけど、少し見直した。

「ま、我らにかかればこんなものだ。地下の敵集団も、物の数ではない。ゆえに――上の大物は貴様らにくれてやる。逃すなよ」

「わかった、ありがとうエイサン」

ヴァンがにっこり笑って感謝を述べるが、

「ところでクロエ嬢」

エイサンはヴァンの横を通り過ぎて、クロエの手を取った。わっ、と驚く暇も無く告げられる。

「王都に帰ったら食事（ディナー）でもどうかね？　良いアイスバインを出す店を見つけたのだが」

思わぬ急襲に思わず敬語で、

「え、遠慮しておきます」

「ふっ、そうか。まだ照れているのだな？　その初々しさもよし。また誘うとしよう」

もういいよー、とクロエは思った。本気で思った。ていうかアイスバインってなに？　アイスクリームかなにか？

「ではな、ガーランド隊。上は任せたぞ。死んだら骨は拾ってやる」

そんな憎まれ口を叩いて、バカルディ隊は地下へ続く通路を進んでいった。

ヴァンは、バカルディたちが進んだのとは別の通路を見る。上に少し傾斜がある直線で、遥か先には陽が差しているのが見えた。

「じゃ、俺たちも行くか」

「「おー！」」

☆

「「わー！」」

歓声、というより絶叫が丘の上に響いた。

ヴァンたちが通路を登り切ったら、そこはワイバーンたちの巣だった。十数匹の飛竜が、文字通り羽を伸ばしていたのだった。

いや、それはわかっていたのだ。アレックスの探知魔術で。でもその後がいけなかった。

ヴァンはワイバーンを瞬く間に三体斬り捨てたが、四体目には手が届かなかった。どいつもこいつも急浮上して空に逃げやがったのだ。そして手も剣も届かない遥か上空から一方的に火球を吐かれまくって今度はヴァンたちが逃げ回っている。

火球の雨あられである。

「わー！　ちょっ、ずるい！　ずるくない!?　クロエー！　防御魔術はやくー！」

「はいはい——守護結界（アイギス）！」

クロエを中心にドーム状の光の膜が出現する。火や氷、先ほどの土といった精霊の力を借りて使う魔術に対する防御術だが、ワイバーンの火球に対しても有効だ。やつらの攻撃の原理が、人類種族の使う精霊魔術と同じものであるため、とりあえず覚えておけば役立つ便利な防御魔術である。

難点としては、魔力消費が多いこと。

「ヴァン兄、このままじゃジリ貧だけど」

火球の雨を凌ぐ結界の下で、大黒柱のように杖を立てたクロエが、他の二人にもわかりやすいように残り魔力をゲージにして見せた。アレックスが、おお、と称賛の声を上げて、

「俺の十倍くらいゲージが長いっスよ」

「さすがクロエ！　でもぐんぐん減ってるね」

「そうなの。このままじゃ焼け死んじゃうの。どうする？　逃げる？」

逃げられないことは無い。結界を張ったまま洞窟内に戻ることもできる。それゆえの余裕である。だが、

「エイサンたちに任されたしなぁ」

「逃がすなよって言ってたっスね」

「じゃあどうやって倒す？　私が空中戦やる？」

飛翔魔術を使えるクロエがワイバーンと空で戦う。やってやれないことは無い。クロエ一人ならそうしていただろう。だがその場合、前衛と斥候は役立たずである。それに、

「クロエが集中攻撃されて危険すぎる。やっぱりここは得意分野で行こう」

「なにそれ」

ヴァンがにっこりと笑う。

「毒針と大爆発」

攻撃の合間を縫って結界からヴァンとアレックスが逆方向に飛び出し、再び火球の雨の中を逃げ回る。丘の上はほとんど焦土と化しているが飛竜どもは気にしないらしい。その中の二匹が痺れを切らしたのか、火球を躱し続けるヴァンに直接攻撃すべく急降下してきた。巨大な爪が太陽光に反射して鈍く光る。ヴァンの手には、長刀ではなく二刀が収まっている。

「迂闊なやつだな」

簡単に言いながら、ヴァンは右手を振るう。その手に持っていた脇差が瞬時に2メートルを超

える長刀となって、届かないはずの距離を届かせると、飛竜をばっさりと真っ二つにした。ワイバーンは断末魔の叫びを上げる間もなく血の雨を降らせ、ヴァンに降りかかった血潮も霧へと還っていく。

「もう一匹！」

地を蹴って斬りかかるが、爪の先を斬っただけで、急上昇して逃げられた。自分に魔術が使えれば、あの翼を氷の矢で貫くなりして撃ち落とせるのだが――。

「……矢か」

七天理心流では投剣術や手裏剣術も修める。とはいえ、魔物相手にクナイやナイフでは効果が薄く、また遠距離攻撃の出来るクロエやアレックスと組むようになってからはすっかり使わなくなっていた。しかし――コレなら使えるかもしれない。

――試してみるか！

と、ヴァンが上昇するワイバーンに狙いを定めたものの、直後に別方向から火球が降ってきた。

「おっと！」

身を翻して躱す。やはり頭上を取られるのはやりづらい。アレックスは魔術で気配を消しているらしく、流れ弾に当たらないよう注意深く動き続けている。そろそろクロエの方の準備が整うはずだが――。

『お待たせ！』

通信魔術（コール）が飛んできた。同時に、頭上からこちらへ向けて魔術が放たれる。

ヴァンたちは三方向に散開していた。ヴァンが右、アレックスが左、そしてクロエは上。

ワイバーンたちのさらに上だ。

アレックスの隠密魔術で気配を消したクロエは、飛竜たちに気付かれないよう飛翔魔術で急上昇していた。地上でヴァンが照準（ヘイト）を集めている間に、詠唱を行っていたのだ。

『大爆発とはちょっと違うけど――』

飛竜が火の雨なら、

『――氷（エイ・ギアーチエ）よ！』

こっちは氷の雨だ。

我が物顔で空を飛んでいたワイバーンに、氷の矢が降り注ぐ。

翼持つ魔物どもが悲鳴を上げながら撃ち落とされていく。矢は貫いた端から対象を凍らせていき、翼の使えなくなった飛竜が次々と地面に落下して、

「さすがクロエ！」

「ナイスっス！」

待ち構えていたヴァンと、隠密を解いたアレックスが、その首を刈っていく。

「これで最後！」

ワイバーンの長い首に刀を突き立てた。苦しむ間もなく、飛竜が息絶える。

ヴァンが額の汗をぬぐって、ふぅー、と空を見上げた。地下の手伝いに行こうと思ったが、

「瘴気、薄くなったな」

バカルディ隊から、魔物の掃討が終わったと通信魔術が来たのは、その直後のことだった。

☆

「これがアイスバインだと⁉　ふざけるな‼」

エイサンが怒鳴った。

宿場町の東のダンジョンを掃討した夜のこと。魔物の脅威をはらったということで、町内に唯一あるレストランにてガーランド隊とバカルディ隊の祝勝会が行われたものの、提供された料理にバカルディ家の三兄弟がなぜか憤慨したのだった。

「アイスバインとは豚の煮込みのことだ！　アイスと名が付くからと言って冷たいわけではない！　肉のゼラチンが氷のように見えるから、アイスバインと言うのだ！」

この名称の由来は、神聖プレイアデス王国バカルディ領でも諸説ある。だが、豚の煮込みを冷やして食べる風習はどこにもない。少なくともバカルディさんとこの領地では絶対にない。豚の煮込みだぞ？　ほっかほかにして食べなくてどうする⁉　そもそも王国共通語で『氷』はアイスではなくギアーチェだろうが‼　とバカルディ三兄弟が熱弁している。

どうも、こっちの地方では間違って伝わったらしい。領土が広い神聖プレイアデス王国ではままある話だった。

厨房のおやじは「そんなこと知るか」と憮然としながら鍋を振り、アレックスは三兄弟の怒りっぷりにビビッて下を向いて沈黙しており、クロエは出されたものに文句言ってんじゃないわよという目で三兄弟を見ており、半ば無理やりエイサンたちを連れてきたヴァンは必死にフォローしている。

「まぁまぁ、仕方ないよ、この辺りは国境が近いし……それに、これはこれで美味しいよ？」

もっきゅもっきゅ食べるヴァンを見て、

「くっ……！」

エイサンも怒りの矛を収めた。久しぶりに食べられると思って楽しみにしていた故郷の味が遠のいて、思わず怒鳴ってしまったことを心中で恥じている。

「いいか、ヴァン・ガーランド！　貴様には必ず、本場のアイスバインを味わってもらうからな！」

と、声を荒げながら冷たいアイスバインを口に運ぶ。

「それって、一緒にディナーってこと？」

ヴァンが尋ねると、エイサンはそっぽを向いて、

「……ふん、今日の働きはそれなりに良かったからな。クロエ嬢のおまけでディナーを囲んでやる」

「アレックスもいいよね？」

「貴様…………まぁいいだろう」

怒るのも馬鹿馬鹿しくなったエイサンが、アイスヴァインという名のワインを流し込む。

「む、こっちは旨いな。……………………店主、怒鳴って悪かった」

ちゃんと謝って偉いね、とヴァンはにっこりした。

こうして、輸送隊の五日目は終わった。


そして六日目――夕方過ぎに、目的地である砦に到着した。

これにて任務終了だ。あとは帰るだけ。これ以降の護衛は、砦の兵士たちに任される。

「終わったー」

「疲れたー」

「しんどかったっスね」

「ご苦労だったな」

ヴァン達が講堂兼食堂で休息を取っていると、旅を仕切るルミナ隊の前衛・剣聖マルクがやってきた。テーブルに突っ伏していたガーランド隊が全員起立して敬礼。

マルクは、気にせず座れと促して、こう続けた。

「無事に辿り着けたのは、ガーランド隊とバカルディ隊の働きがあったからだ。よくやってくれた」

思わぬ賛辞を頂戴した。

「ここは国境のすぐ近くだが、境界線の向こう側にいるのは他国の人間ではなく魔物たちだ。この砦に魔術陣を敷き、転移港を設置する」

ヴァンが挙手。

「転移魔術師のみなさんは、長旅は大丈夫でしたか？」

マルクは少し微笑んで、

「彼らも素人ではない。訓練は受けている。が、さすがに疲れたらしい。明日の作業本番に備えて、身体を休めているよ」

「そうですか！　良かったです！」

元気いっぱいに返事をするヴァン。

マルクは、新人騎士たちを見渡して、穏やかに言った。

「よくやった。お前たちもゆっくり休め」

「「「はいっ！」」」

講堂を去っていくマルクの背中を、アレックスがじっと見つめていることに、クロエだけが気付いていた。


その夜。

「兄さん……」

アレックスは、砦の外壁上で寝ずの番に当たっていた兄――マルクのもとを訪れた。入団の報告をするためだった。

「マルク兄さん」

兄は振り向きもしなかった。じっと、砦の向こうに広がる闇を見つめている。

「俺、騎士団に受かったよ。これで兄さんと一緒に、」

「なぜ合格した？」

にべもなかった。恐ろしいほど冷たい声だった。先ほどとは別人のようだった。

「なぜって……？」

呆然とするアレックスに、マルクは厳しく言い放つ。

「試験を受けるだけなら構わない。挑戦し、敗北に打ちのめされるのも人生の糧となる。だがお前は合格した。なぜだ？」

「に、兄さんと一緒に、戦いたくて……」

クロエがそうであるように、アレックスもまた、兄を慕って、兄を追って、騎士団に入ったのである。だが、

「お前が合格したせいで、本来入るべきだった騎士の枠がひとつ減った。その意味がわかるか？」

「…………は？」

「アレックス。お前は、合格しただけで、騎士団に損害を与えている」

「なんだよ、それ……」

兄はこちらを見もしない。

「模擬戦の際、お前は何をしていた？　チームの前衛と後衛を放置して、お前はどこにいた？」

「それは――そういう作戦だったから……」

「お前はあのゴーレムの中身が只者でないとわかっていたな？　わかっていながら助けに入らなかった。あくまでも観測に徹した。大した遠距離攻撃の手段も無く、置いていた罠も使い切り、他のチームが全滅したにも拘わらずだ。それがお前たちの作戦か？」

「そ――」

その通りだと、どうしても言えなかった。

「お前は、逃げたんだ」

その通りだと、どうしても思いたくなかった。

兄が言う。

「模擬戦唯一の生き残り？　笑わせるな。ただの敵前逃亡だ。お前があの時、味方の元に駆け付けていれば、少なくとも後衛は落ちずに済んだ。いや、落ちたとしても、すぐに助けることができた。あの時、もし自動浮遊魔術が作動していなかったら？　もしヴァンとの決闘に夢中でルミナが手加減できていなかったら？　もう一度聞く。なぜ合格した？　なぜ辞退しなかった？」

答えられない。

兄が、言う。

「辞めろ。可能な限り早く。味方を殺す前にな」

そうして、自分を一度も見ることなく、

「お前に騎士は向いていない」

兄は外壁上から立ち去った。

返す言葉も無ければ、涙を流すような悔しさもない。

ああ、と思い知るだけだ。

自分が前衛を諦めたのは、魔力が無いからじゃない。

——いざという時に自分だけでも逃げられるように、俺は斥候（スカウト）になったんだ。

「アレックス？」

すぐ近くからヴァンの声がして、顔を上げる。目の前に、童顔の隊長が立っていた。

「あれ、見張りだったっけ？　それとも朝の散歩か？　ここ、見晴らしが良いもんな」

僧侶みたいな雰囲気でいつもニコニコしてるのに、戦闘になると別人のように苛烈になる極小魔力の剣術家。

自分が諦めた道を、迷うことなく、ひた走る存在。

兄が、その名を覚えていた男。

「夜が明けるぞ、アレックス。今日も良い日になるといいな」

七日目の朝が来る。日の光が自分を照らす。

アレックスには、ただただ、眩しかった。

太陽も、ヴァンも。

☆　☆　☆　☆　☆　☆　☆

砦の向こうには『魔界域』がある。

魔族が支配する領域のことだ。この王国内、いやこの大陸内にはいくつも魔界域が存在し、人類種族の安寧を脅かしている。

天神は本来、この魔界域を浄化するために降りてきた。その証拠に、普通の人間がここに入れば、界域に満ちる『瘴気』によって生命力＝魔力を吸われて十秒足らずで死亡するが、天神の加護を受けるなどして対策をすればその限りではない。猛吹雪の高山、超高圧の深海、マグマ噴く火山、あるいは星の外へ挑むことに近い。

魔界域攻略の前線基地として選ばれたこの砦に、転移魔術陣が設置された。その日の夜。

「あ――お姉ちゃん」

「……クロエ」

砦の一角で、姉妹が偶然再会した。

ところで一言で『砦』と言っても大小さまざまである。王立学園初等部で習う『砦』とは、小規模な城であり、または要塞のことを指す。ここの砦はどちらかというと後者の意味合いが強く、つまるところかなりデカい。恐れ多くもガーランド領主の住まう居城の二倍近くあり、また近年完成しただけあって設備も新しく、そして何よりも――大浴場がある。

温泉だ。

待ってください。「戦場と隣り合わせの砦に温泉？」と疑問に思われるかもしれませんが、これにはれっきとした理由があるのです。そう設計士は宰相に熱弁したという。戦場と隣り合わせであるからこそ、十分な休息が取れるかどうかは兵士の士気に関わるし、なによりも効能が良い。擦り傷、打ち身、神経痛、冷え性、高血圧、

魔力回復。

そう、魔力が回復する。

８時間ぐっすり眠ったのと同じ効果が、わずか30分ほど湯につかるだけで得られるのだ。もうこれだけで、温泉を作る理由は十分である。何度も説明して申し訳ないが、霊脈の流れる土地には魔物が発生する。まれに、魔物と一緒に温泉まで湧くことがある。

そういう土地は率先して浄化し、その上に神殿などの何らかの建物を築き、魔術師のための浴場として使用するのが近年の主流だ。魔物を生み出すほどの強力な魔素の恩恵にあずかるのである。

前述の通り、神聖プレイアデス王国がそうした思想を得たのは近年のことであるが、『魔力回復温泉の近くに陣を張って戦う』こと自体は歴史的にも珍しいわけではなく、古くは、海を渡ったウェルイ島にある戦士の伝説にも、『暖かい泉のそばに拠点を置いた』という言い伝えが残されている。

人間である以上、魔術を用いて戦ったことは今も昔も変わらない。であれば、頻繁に魔力を消

耗するはずで、入るだけで短時間で魔力回復できる温泉は重宝されていたのだろう。

　魔力防御が出来るほどの戦士であれば、中途半端な鎧はかえって邪魔になる。むしろ「戦ってすぐ温泉」に入るのであれば裸に近い格好である方が理にかなっている。

　と、いうことはだ。

「ビキニアーマー、意外と理想的なのかしら……？」

　服を脱いで丁寧に畳みながら、クロエはふと呟いた。

「私たちには魔導鎧があるから、いらないと思う」

　こちらも服を丁寧に畳みながら、ルミナが答えた。

　先進国である神聖プレイアデス王国はもちろん混浴ではなく、時間で交代するわけでもない。男女それぞれに大浴場が設けられ、浴槽も洗い場も実家のガーランド城より広かった。クロエが思わず呟く。

「すごいね……」

「そうだね」

　姉に言ったわけではないのだが、ちゃんと答えてくれるのが無性に嬉しかった。

　ぺたぺたと足を鳴らして自分を追い越していくルミナが振り返り、

「入らないの？」

「は、はいる！」

「滑らないように気を付けてね」

「う、うん」

姉が優しい。

こんな優しい姉はいつぶりだろうか。

いや、ルミナはもともと優しかったような気もする。ものすごーく小さい頃は喧嘩ばっかりしていたけど、母が亡くなってからは、だいぶ甘やかされたような気もする。ヴァンと一緒に遊ぶときだけは、枷が外れたように、タガが外れたように、元気いっぱいのやんちゃ坊主みたいにはしゃぎ回って、クロエの服の背中に芋虫とか入れてきたけど。

「お湯、出そうか？」

「え、あ、大丈夫」

洗い場。魔石の蛇口の前でボーっとしてると、隣に座った姉がまた気遣ってくれた。

魔石に手を当てて魔力を流す。それだけで刻印された魔術が起動して、温められた浄水がじゃばじゃばと出てくる。湯水のごとく使う、という表現は言い得て妙である。魔力が尽きない限り、ひとは魔術によって延々と水を出せる。そしてここではお湯につかれば魔力が回復するのだから。

「背中、流してあげる」

「え、え、いいよ」

「遠慮しないで」

姉に背中を触られる。優しいタオルの感触が、くすぐったくて気持ちいい。

「おおきくなったね、クロエ」

「う、うん……」

「じゃあ交代」

「は、はい……」

　姉の背中に触れる。記憶よりも遥かに大きくなっている。それもそうだ。最後にこの背中を見たとき、姉は十二歳だったのだ。今の自分よりも年下だったのだ。そんな子供が、たった一人で王都の学園に入り、寮で生活を始めたのだ。十五歳の自分が同じ状況になったときは、半べそをかきながら兄に通信魔術（コール）をしていたのに。

「お姉ちゃんは、すごいね」

「？　なにが？」

　ルミナがわずかに首を振り向かせた。纏められた銀髪が水を反射して輝いている。

「一人で王都に来て、それからずっと……頑張ってたんだね」

「頑張ってたのは、クロエもでしょ？」

「そうだけど……。私はヴァン兄も一緒だったし……」

「ああ、そういうことか」

　姉の背中を洗うクロエの手が止まる。

「あの……ごめんなさい、お姉ちゃん」

「なんのこと？」

「一か月前の模擬戦で、ヴァン兄ごと爆発魔術を使おうとして……」

「ああ、あれ」

くすりとルミナが笑うのが、彼女の背中越しにわかった。

「もういいよ。こっちこそゴメンね。私、ちょっと手加減できてなかった」

そうだね、ものすごく怖い目をしてたね。と言いそうになるのをぎりぎりでクロエは止めることができた。

「……ヴァンは、やっぱり特別なのね。変わってない」

そうして、ぽつりと呟く姉が、無性に寂しそうに見えた。自分には、ルミナがなぜそんな目をするのかわからない。ルミナもヴァンも、同じくらい才覚に恵まれていると思うからだ。

ルミナには魔術の。

ヴァンには剣術の。

まさに、天神（かみ）に与えられたような、才能（ギフト）が。

――天才って、自分じゃわからないものなのかなぁ。

姉の背中をお湯で流しながら、そんなことを思った。


「「あぁ～～～～～～～～生き返るぅ～～～～～～～～～」」

湯船に浸かって、姉と一緒に息を吐いた。お湯のつぶつぶが肌から体内に入ってくるみたいだった。炭酸温泉ほど刺激的ではなく、クリームのようなまろみがある感じだ。

「久しぶりに足を延ばせるお風呂、最高～～～～」

「クロエ、この一週間、頑張ってたもんね」

「お姉ちゃんこそ、ずっと空で見張ってたじゃん」

「あ、気づいてた？　さすがお母様の娘、さすが私の妹、出来がいい。撫でてあげる」

「えへへ〜。もきゅ〜〜」

姉の態度がどんどん幼い頃に戻っていく。いや、戻っていくのは自分と姉の距離感だろうか。

ふと、ルミナの口数が少なくなったように感じられたのは、一人で王都に来たからではないかと直感した。いくら元気な子でも、思春期に親元から離されて独りになれば大人しくもなろう。

そう考えたら、ルミナが無性にいとおしく感じられた。姉の頭をなで返してやる。

「お姉ちゃんもひとりでずっと頑張ったね。えらいね」

「わ、わ、わ〜！　クロエに久しぶりに撫でられた！　懐かしい〜もっと撫でて〜！」

「はーい。よしよし、えらいえらい」

「クロエはおしとやかで引っ込み思案だったもんね。いきなり騎士寮は大変だったでしょ。女騎士は変人が多いから」

「え、あ、でも、メディさんにはお世話になってるよ！」

「副団長も妹さんがいるから、クロエを放っておけなかったんだね」

「そうだと思う。あとヴァン兄も助けてくれたから」

ルミナが遠い目をする。

「ヴァンは……相変わらず魔力が低いね……カスだね」

理解者がいた！

「そうなの！　大変なの！」

「同じ部隊だと大変そう」

「そう、そうなの！　転移魔術、毎回、私におんぶにだっこなの！」

「クロエは五歳でヴァンを追い抜いちゃったもんね。明日の帰りもそうなるだろうから、今のうちに全回復しないとね」

そうだったぁ〜、と口までお湯に浸かる。水面のゆらめきを見て、ふと口にした。

「でもね、私、転移魔術って好きなんだ」

「そうなの？」

「跳ぶとき、魔素がきらきら光るでしょ？　空の虹みたいに」

顔を上げて、転移する瞬間を思い出しながら話す。

「きっと私たちも、あんな風に、虹色の光になって、空を超えていくんだろうなって思うんだ」

言ってから、なんだかポエムっぽいなと恥ずかしくなる。

隣を見ると、ルミナが嬉しそうな顔して自分を見ていた。

「クロエ、楽しそうだね。よかった」

「そ、そそそ、そうかな⁉」

「ヴァンのこと、よろしくね」

「もちろん！　強化魔術(バフ)も全部私がやってるよ！　おかげですっごく疲れるけど」

ルミナが苦笑して、

「この温泉、王都にもあったら良いのにね」

「本当だよ～。そうしたら半日ごとに入って、任務(しごと)が回せるのに」

「クロエも魔力量が多くなったもんね」

「ヴァン兄だったら、一時間ごとに入っても追いつかないね」

「ビキニアーマー必須だね」

「え～？　ヴァン兄のビキニアーマー～～？」

二人して顔を見合わせて、同時に笑った。

「あはははははははははっ！」

それは本当に、本当に幼い頃のままであり、そして互いの成長を嬉しく思うひと時でもあった。

お姉ちゃんが昔のままで嬉しいと、クロエは心から思うのであった。

「ところでクロエ……本当に大きくなったね…………。私より小さいのに私より大きい…………。触っていい？　ダメって言っても触るけど」

「え、あ、ちょ、くすぐったい、ひゃうん」

「重(お)っも！　何食べたらこうなるの……？」

「わ、わ、わ、わかんないよ～～～！」

お姉ちゃんが昔のままで嬉しいけどもう少し大人になってくれててもいいな！　とクロエは心

から思うのであった。

☆　☆　☆　☆　☆　☆

最近やけに子供と老人が死んでいると最初に気付いたのは、王都の町医者だった。

宮殿勤めや研究者ではない、街の人々を診ているその医師は、この一か月の間に衰弱死する人間が増えていると、宮殿の医師会に報告を上げた。

彼らは無能ではなかった。

代々町医者として人々を診察し続け、代替わりしたあとも三十年に渡り診察を続けてきた医師の報告を無視したりはしなかった。研究者と情報を共有し、事態の把握にかかった。類似の案件がすぐに判明した。直近では、ガーランドという地方領で同じ症状が五年前に起きている。

すなわち、瘴気による衰弱死。

魔物や魔族が活発化しており、その影響が王都にまで及んでいる。

研究者たちは報告をまとめ、宰相に上申。宰相は王国の各大臣を招集し会議を開く。現国王はすぐに対応策を練った。

彼らもまた、無能ではなかった。

だが、彼らは身動きが取れなかった。

自分たちのしがらみによって。

かつて神聖プレイアデス王国を襲った『巨竜』の討伐を指揮し、また各地の転移魔術陣の設置を大幅に進め交通網を発展させた猛将――五年前に退任した先代国王が、

「ならん」

と一言で対応策を封じたからである。

そもそも、魔界域にしか発生しないはずの瘴気がなぜ蔓延し始めているのか。天神の加護があれば無効化できるはずの瘴気がなぜ発生しているのか。

簡単なことである。

王都には、天神がいないのだ。

正確には、神殿が焼かれ、いなくなったのだ。

焼いたのは魔族でも魔物でもない。

先代国王アートラース四世そのひとである。

「ヒトは、天神（かみ）の庇護下から脱するべきである。ヒトは、天神（かみ）から自立すべき時に来ている」

自らの住まう奥宮殿にて彼はそう宣言し、追放した天神を再び呼び戻そうとする対応策を切って捨てた。

「し、しかし父上！」

四十になったばかりの若い現国王が反論する。

「現に今、王国民に被害が出ております！」

「ならん」

「あの方法であれば、天神様も必ずやお戻りになられるはず……！」

「ならんと言っておろうが！」

「ですが！　天神様のご加護がなければこの都は、この王国は、滅びの道を辿るやも――」

「この阿呆が！　いつまでも神の加護にばかり縋ってどうする！　瘴気が原因であるならば、その元凶を取り除けばよかろうが！」

「元凶とは……つまり、国境（くにさかい）に存在する魔界域を攻略せよ、と……？」

「皆まで言わすな。なに、ワシの兵隊を少し貸してやる。それでなんとかせい」

言って、先代国王はそっぽを向いた。いつまでも子供のようなお方だ、と現国王は自らの父親を評する。そもそも、先代国王が天神を蔑ろにしたことが事の発端である。

神殿を燃やしたのだ。

理由は公表されていない。だがその結果、天神はいなくなった。

そうまでしても先代国王の影響力はいまだ衰えない。彼は、かつては王国を繁栄させた名君であったし、天神に仕える者以外の人類種族には甘かったからだ。

王国軍兵士は、名目上は王国政府の指揮下にある。だが、金や権力で先代国王の支配下に置かれている者たちは全体の四割を占めるだろう。現国王が軍の規律を厳しくし、装備品の横領をきつく戒めても、それは逆効果にしかならなかった。

名君と暗君は表裏一体であると、先代を見て深く思い知らされる。王に求められる果断な決断力、王に縛られない自由な発想力。その両方を以て国を繁栄させた父であるが、それがこうも善くない方向へ発揮されることになるとは。

王国軍の約半分は先代国王の手勢であり、各領主もそれは同じである。早々と息子である自分に国王の座を明け渡したのも、面倒な政治（しごと）から解放され、好き勝手自由に過ごしたいという魂胆があったのではないか、と勘繰ってしまう。だが、

——今ここで対立すれば、王国は真っ二つに割れてしまう……。

瘴気に汚染されつつある現状で、それは絶対に避けねばならない。

どのみち、魔界域はすべて浄化しなければならないのだ。

現国王に残された道はひとつであった。

「…………承知致しました」

忸怩たる思いで頭を下げ、名ばかりの国王は奥宮殿を後にした。

☆

国境近くの砦では、転移魔術陣の設置作業が、滞りなく完了した。

ルミナ隊はしばらくここに滞在し、ガーランド隊とバカルディ隊は王都へ帰還することになった。

バカルディ隊から遅れること一時間。姉への別れを済ませ、兄と一緒に転移すると、クロエはまたも直立でぶっ倒れた。

「毎度毎度、綺麗な姿勢っスねぇ……」

「クロエは育ちがいいからな。よっと」

「あーまーやーかーせー」

ヴァンにおんぶされても、もはやクロエは恥ずかしがらない。駄々しかこねない。それよりも、

「なんかあったんスかね……？」

一週間ぶりの王都は、何やら物々しい雰囲気に包まれていた。

「あ！　あんたたち。ちょうどいいところに戻ってきたわ。そこ座って、聴いて」

騎士団宿舎に戻ると、メディーア副団長が講堂で会議を始めるところだった。先に戻っていたバカルディ隊の姿もある。

黒板の前には、珍しく団長がいた。鍛えられた筋肉に包まれた身体からは、厳格そうな武人という印象を本来なら受けただろう。その顔に異様な仮面を付けていなければ、だが。入団試験で面接官に化けて審査に加わり、後でメディーア副団長にしこたま怒られた、一見厳格そうな変人である。

「諸君、国王陛下から命令が下った」

低く通る声で、団長が言う。

「我ら神聖プレイアデス王国魔術騎士団は、五日後、ゴリヅィア地方東部に存在する魔物の拠点に攻め入る。人類種族にあだなす魔の者どもを駆逐し、王都の平和を脅かす瘴気の発生源を根絶するため侵攻を開始する。つまり、」

ファヴィオ・カターニア騎士団長は、宣言した。

「魔界域攻略作戦である」

第三章 魔界域攻略作戦

chapter 03

攻略作戦は、騎士団を三つに分けて、そのうち二つで魔界域に攻め入ることになった。これが攻略部隊。残る一つは予備部隊という名の居残りであり、ガーランド隊は居残りである。

ルミナ隊がゴリヴィアの砦に残されたのは、彼女らが攻略組であるからだったのだと、作戦概要を聴いたヴァン達は察した。

「私たちは留守番かー」

残念そうに空を見上げるクロエと、

「そ、そうっスね……」

愛想笑いを浮かべるアレックスと、

「王都の守護も立派な任務だ。攻略組が居ない間、俺たちで街の人たちを守ろう！」

二人を鼓舞するヴァンがいた。

——とはいえ。

瘴気が濃くなっていることはヴァンたちも気付いていたし、作戦会議の説明にもあった。

五年前の『神隠し』と状況が似ている。

またあの時のようなことが魔界域で起きるかもしれない。

——ルミナ。

嫌な胸騒ぎが収まらなかった。

☆

魔界域攻略作戦である。これはマイア歴７７５年に発生した北凍魔獣動乱、つまり先代国王陛下アートラース四世直々の御采配によって成功を見た北部大山脈魔界域攻略作戦以来の、実に三十年ぶりの大規模作戦である。諸君らの身命を賭して必ずや成功に導いて欲しい――。

とかなんとか偉(え)っらそうに会議で宣っておきながらなんで団長(じぶん)はこっちに来てねーのよ、と今回の作戦総指揮を預かったメディーア副団長は頬杖をついてため息をつく。

騎士団だけでも20部隊六十余名。

王国軍兵士に至っては大隊規模の六百余名。

これを自分が指揮する。

頭が痛い。

胃も痛くなってきた。

こんな大部隊はさすがに動かしたことが無い。いつもは最大でも騎士団九十余名に命令する程度だ。それがいきなり六百六十？　馬鹿じゃないの？

ため息一つ。

それでもやらなくてはならない。なに、やることはいつもと大して変わらない。その規模がデカくなっただけだ。要はダンジョンの掃討作戦である。まぁ今回は敵の数も侵攻ルートも不透明ではあるのだが。

　しかも王国軍の半分は先代国王サマの手勢である。果たしてこちらの言うことを素直に聞くかどうか。王国軍（あっち）の指揮官を集めてあーだこーだ作戦を立案しなくてはならない。瘴気の影響下にあるためか、王都との通信魔術（コール）も上手く繋がらない。自分の妹弟みたいな騎士団のやつらは手足のように動くのがまだ幸いだが――。

　ため息一つ。

　いけない、思考がネガティブになってる。

「副団長」

　書記官のエウジェニオが、開け放たれた部屋の扉をこんこんとノックした。

「斥候からの第三報が届きました。………大丈夫ですか？」

　穏やかな顔をした金髪の若い美青年である。自分よりよっぽど優秀な頭脳とカリスマ性を持っている。

「エウジェニオ」

「なんでしょう？」

「代わってくんない？」

「ははは、あと十年は無理ですね」

　ちくしょう、そうだよな。わかってるよ。いくら優秀とはいえ、十八やそこらの若造を副団長に据えるわけにはいかないのだ。対外的にも、隊内的にも。メディーアは頭を押さえる。

「あんたが私より年上だったら楽だったのに……」

「何を仰いますか。副団長には勉強させてもらってますよ」

「で、斥候の情報はこんだけかー……。あんま変わらねーわね。エウジェニオはどう思う？」

「地形探査はある程度終わっています。斥候組にこれ以上潜らせても被害が出るばかりで情報は増えませんね。威力偵察に切り替える時期と判断します」

「いいね。やっぱあんた副団長やりなさいよ」

「あなたが引退したら考えましょう」

「じゃ、ルミナ隊に突っ込ませるか」

「不確定のルートにいきなり最大戦力を投入するのですか？」

「だからこそよ。百年以上もずっと不可侵だったゴリヴィア東部魔界域に、ルミナ隊以外を突っ込ませたらどれだけ被害が出ると思う？」

　騎士団が先陣を切るのは当然のことだ。本音では王国軍の半分に行ってもらいたいのだが。

「それでも、ランク2位のシーカ隊で良いのでは？　ルミナ隊である理由はなんです？」

「んー、うまく言えないけどね、勘」

「勘」

「あるいは信頼。ルミナ隊（あいつら）なら無事に帰ってきてくれるっていう」

　エウジェニオは端正な顔でじっと考え込み、やがて「……なるほど」と頷いた。

「勘は経験から来るもの。やはり俺にはまだ副団長は早いようです」

「どうかしらね。これでルミナ隊が全滅でもしたら、私は戦犯だわ。天神様にも陛下にも団長にも顔向けできないわね」

――ま、その時は私もここで死ぬけど。

「大丈夫ですよ、副団長。その時は――」

メディーアの覚悟を察したのか、エウジェニオが柔らかく微笑む。

「俺がちゃんと後を継ぎますから」

「私は今すぐ継いで欲しいわ」

「ははは」

命令書にサインして、エウジェニオに渡す。

さぁ、戦争だ。

☆

『ルミナ、聞こえる？』

数時間後。ゴリヅィアの砦から東、瘴気が充満する森の中を、ルミナ隊および王国軍3個小隊で編成された威力偵察部隊が進行していた。目標は古代に天神が棲んでいたという巨大な遺跡。当時は宮殿だったと思われるが、今となってはただの迷宮（ダンジョン）である。尤も、敵の侵攻を阻む目的で建設されていない分、地形探索は容易であった。

『瘴気発生源——つまり魔族の居場所は、おそらく宮殿最奥部の「神座」。道中で大量の魔物や罠が予想されるわ。ぜんぶ破壊して行って』

　無茶な要求に、ルミナは平然と答える。

「了解」

　巨大な古代神殿を前にして、ルミナが言う。

「ルミナ隊、突入する」


　罠の類は大したことは無かった。

　問題は、強烈な瘴気の方だった。

　例によって自己内で完結する魔術以外は効果が薄い。砦を出た直後からそうだったが、神殿に突入してから更に濃度が強くなった。もし魔力防御の術(すべ)を持たない一般市民がここに足を踏み入れれば、一分も持たずに衰弱死するだろう。

　ルミナ隊に後衛はいない。二人の前衛と斥候だけだ。ルミナが後衛もこなせるからである。もう一人の前衛マルクは、斥候のヘイデンと共に先行し、罠を見つければ五秒で解除し、魔物がいれば——

「マルク」

「了解」

壁の向こう側に三匹の魔物がいる。躍り出たマルクが低い姿勢から二刀を振るう。一歩目で二匹が倒れ、二歩目で残った魔物の頸を断ち心臓にある核を貫いた。通路の遥か彼方にいた別の魔物が振り返ろうとしたところに、ルミナの光の矢が刺さる。音も無く、始末していく。マルクが通信魔術(コール)、

「ルミナ隊、前進する」

斥候のヘイデンは常に魔術索敵を行っているが、本来なら数キロまで範囲を広げられるものの、瘴気の濃い古代神殿内では数メートルまで狭まれる。マッピングをし、罠を潰しつつ、着実に、かつ素早く進んでいく。

広い空間に出た。正面奥に巨大な石像が立てられている。天球を背負う男性の天神だ。先代国王がその聖名を頂いた神であった。そしてその足元には、

「神座だ」

水晶のような透明の玉座があった。だがそこには誰も座っていない。

「来た」

石像の向こうから黒い靄が現れる。それは煙のように漂い、神座の前で姿を取る。

「サイクロプス——の、変異種か」

漆黒の肌をした、一つ目の巨人。そいつ一匹でも街一つくらい簡単に滅ぼせる。それが五体。さらに広場の脇からわらわらと小型の魔物が現れる。そのどれもが、王国一般兵が十人がかりでも倒せないような、高ランクのモンスターたちだった。

「おかしい」

とマルクが口にした直後にはもう、ルミナが砦の作戦司令部に通信魔術（コール）をしている。

「副団長」

『どうしたの？』

ルミナが報告。

「敵が弱すぎる」

メディーアの脳裏に、こっちに来なかった団長がよぎる。やはり、ただのサボりとは思えない。あの人は面白そうなことがあれば率先して見に行くし、騒ぎが起きればとにかく煙みたいに高いところに登りたがる性分だ。ということは、
――残った方が面白そうだと思った？
こちらには何の情報も無い。団長にだって確証はないだろう。ただの勘だったに違いない。そしてそれは天体研究者の天気予報よりも信用できる。
「……王都だ」
口が勝手に言葉を漏らす。それが正解であると知れたのは、
ずん、
まるで重力が増したかのような、天からの圧力だった。有り得ないほどの濃度の瘴気。遥か古代――神代の魔術によって周囲一帯に通信阻害（ジャミング）が施され、転移系が封じられたと肌で悟る。続い

て起こった腹に伝わるような地響きは、古代神殿が自壊した衝撃だ。ルミナ隊がサイクロプス五体と高ランクモンスター群を殲滅したと同時に神殿が崩壊し、彼女らもそれに巻き込まれた。

やられた。

通信魔術(コール)も転移魔術陣(テレポート)も使えない。

考える前に使い魔の鳥を飛ばす。あの程度の崩壊でルミナがやられているはずがない。メディーアの飛ばした光の鳥が、古代神殿に到着する頃にはもう、どん、と瓦礫の下から飛び上がる何かがあった。使い魔に乗せて指示を飛ばす。

「行って、ルミナ！　あなただけでも！」

瓦礫の下に埋まった兵たちの救助とそれを迷ったルミナは、その命令を聞いて即座に飛翔する。

「魔族の狙いは――騎士団の精鋭が抜けた王都だ！」

☆　☆　☆　☆　☆　☆

城門はあっという間に突破された。

王都の周りのダンジョンから大量の魔物が溢れてきた。そいつらは平野や森を渡って街壁に殺到する。

泡を喰った兵士たちは魔術弓を取って街壁の上から射るが、さしたる効果がない。おかしい。

本来なら、瘴気に満ちたダンジョンの深層ほど、魔物は強くなるはずなのだ。逆に言えば、ダンジョンの外にいる奴らは弱体化している。なのに、明らかに強くなっている。

ゴブリンとオークの群れ。ブラディウルフにサーペントタイガー。リビングメイルにアークシャーマン。コカトリスにワイバーン。トロールにサイクロプス。

モンスターの見本市かと言いたくなるほど膨大な数の魔物が、王都に押し寄せてきていた。見張り番である『浮き岩』からは「見えなかった」という報告が上がっている。それが瘴気による通信阻害(ジャミング)であると気付いたカターニア騎士団長は全軍に緊急事態を通達。

しかし遅かった。王都にいるどの兵士も見たことのない『黒いサイクロプス』が城門に迫る。街壁から離れて中央へ避難しろと指示された町人の主婦がその音を聞いた。

ごぉん…………、

腹に響く音だった。主婦はそれが何であるかは知らない。まさか、変異サイクロプスが防御結界に焼かれ、それでもなお前進し、直に城門へぶち当たった音だとは思いもしない。ただ、漂ってきた瘴気によって気を失い、そのまま――。

一体目の変異サイクロプスは霧に帰った。その後に続いて二体目が城門に手を伸ばす。ドーム状に王都を覆っている見えない壁が魔物を阻むが、結界の魔力は無限ではない。浮き岩から魔力を送り続ける宮廷魔術師たちは一人、また一人と意識を失っていく。

浮き岩自体にもワイバーンを筆頭に翼持つ魔物どもが群がっている。結界が消えたら真っ先に殺されるであろう場所で、しかし彼らは最期の時までそこを離れなかった。十五体目の変異サイクロプスが霧に帰り、十六体目が体の半分まで焼かれたところでついに。

ごぉん…………………！

浮き岩が落ちる。『聖なる泉の広場』に安置された女神像が落下した岩を受け止める前に、石像も岩も魔術師たちも空の魔物どもにばらばらにされた。結界が消えた城門は防御魔術を持たない木製の門に過ぎず、そんなものは瘴気によって強化されたモンスターにとっては紙のそれと変わらない。

十六体目の変異サイクロプスが門を開け放ったところで倒れ、その死体を踏みつぶしながら濁流のように魔物どもが侵入してきた。街壁を守る兵士たちも逃げ遅れた住民たちもみな等しく殺されていく。

こうなると厄介なのはオークやオーガといった巨体の種ではなく小型種で、その代名詞であるゴブリンが家々の中に隠れた女子供や怪我人や病人を目ざとく見つけだして殴殺する。ブラッディウルフはその名の通り長い毛並みを住人の血で濡らし、全長３メートルを超えるサーペントタイガーは槍を構える兵士たちを軽く跳び越えて背後から噛み殺していった。

家々の屋根はオーガの手にした棍棒でことごとく割られ、増援に駆け付けた後衛魔術師たちの遠距離攻撃はアークシャーマンが魔術で打ち消していく。

結界が破られたことで街壁をよじ登ってくるのは巨体種ばかりではなく、トロールの背中に引っ付いて壁を登り切ったゴブリンもいるが、そのほとんどがトロールに掴まれて街内へ投げ込まれる投石の弾になっていた。

そして、魔物たちの第一波は、二つ目の街壁に到達した。

王都メロペアには城壁と呼ばれるものが三つある。一つは王城――王の住まう居城を守る壁。その向こうに城下町としての壁。さらにその向こう、長い年月を経て城下町の外にまで広がった街を守るための壁。

最初に突破されたのはもちろん一番外側で、二枚目の街壁――城壁は浮き岩の結界が無くとも魔術的な防御を備えている。一人でも多くの人々を城下町の中へ逃がすべく、魔界域攻略作戦から外された王国軍兵士たちと騎士団部隊は城壁の外で戦っている。

ガーランド隊も、そこにいた。

『右だ、隊長！』

アレックスの警告が通信魔術（コール）され、ヴァンは次の標的に目を向ける。向けたと同時に跳躍し、町民に棍棒を振り下ろそうとしていたオークを両断した。

「逃げてください、早く！」

王都メロペアの城下町、南門の広場。

最前線だった。

もう何匹斬ったかわからない。五十以降は数えていない。騎士団長がいち早く気付かなければ被害はもっと大きかったと剣を振るいながら思う。戦闘開始から3時間を超えたあたりでクロエの強化魔術（バフ）が途切れがちになっていることは察していた。

壁の向こうにいるはずの生き残りを探しに行きたいが、ここを死守しなければ今度は城下町がやられてしまう。息が上がる。腕が重い。左から目を瞑っても躱せるほど遅い矢が飛んでくるのに、身体がいつまでたっても避けようとしない。——と、その矢を撃ち落とす剣があった。

「ヴァン・ガーランド！」

援護に来た同期の隊長だった。横に並ぶ。

「どうした！　動きが鈍っているぞ！」

「エイサン！　そっちは無事だったんだな！」

バカルディ三兄弟の部隊が、東門からやってきたのだ。

「今はな。団長が指揮を執っている。やはりここを守り切らねば王都は落ちる。もう戦える部隊は俺たちだけ……だ！」

弓を射ってきたゴブリン数体を丸ごと切り払い、エイサンは再びヴァンと向き合った。

ひとまず敵は押し戻した。次の一派が来るまで多少の時間はあるだろう。水分補給と疲労回復と怪我の治癒を兼ねたポーションを飲み、わずかな休憩を取る。エイサンが苦々しく、

「攻略部隊が戻ってくるまでの辛抱だが、どれだけ急いでも明朝になるだろう」

砦（あちら）の転移魔術陣（テレポート）が封じられている。攻略部隊は封印範囲外の魔術陣まで急いでいるが、運悪く街道が崩れ、進行が遅れていると報告が入っていた。エイサンが続ける。

「話を付けたはずの盗賊団まで立ちはだかっているらしい。なにかきな臭いものを——」

背後で爆発がした。

思わず振り返る。城下町内から火が出ている。騎士隊を受け持つ通信兵から『敵が侵入した』『前線で向かえる部隊はあるか』との通信魔術（コール）が入る。ヴァンは迷わず、

「エイサン、行ってくれ！　お前たちなら対応できるだろう！　ここは俺たちが受け持つ！」

託されたエイサンは一瞬だけ躊躇した。だが、

「了解した。死ぬなよ田舎者！　貴様には本物のアイスバインを喰わせてやるのだからな！」

言って、バカルディ隊はすぐさま身を翻した。冷たい豚の煮込みを出された三人がかんかんに怒ったのを思い出し、くすりと笑う。

少しだけ、元気が出た。

「――ガーランド隊、まだまだいけるな！」

ヴァンの問いかけに、肩で息をするクロエとアレックスが応えた。

「もちろん……！」

「余裕っスよ……！」

まだ生き残っている王国軍兵士たちが城門前に防衛線を敷き、さらにその前にガーランド隊が出る。防衛線を指揮するのはいつかのダンジョン掃討任務で一緒だったズブニク部隊長だ。

「ガーランド隊長！　使ってくれ。補給分はまだある。足りなくなったらすぐに持って行く！」

彼の部隊からポーションの予備を手渡され、そのうち一本を開けてすぐに飲み干した。

「ふぅ――」

天を仰ぐ。まだ日が高い。からりとした陽気が、地獄のようなこの戦場では嘘のように和やかだった。水分補給と疲労回復と怪我の治癒も気休めだ。

ポーションは魔術を用いた優れた経口飲料だが、魔術はそこまで万能じゃない。魔物の群れが

王都を攻め入るまで気付かなかったし、攻略部隊は転移できないし、ここで死んでいるのは人間ばかりだ。風が運ぶのは生臭い血と汚物と焼け焦げた瓦礫の匂いで、斬っても斬っても敵は沸いてくる。隣でクロエがポーションを飲みながらむせていた。

「クロエ、大丈夫か？」

「げほっ、ごほっ、はぁ、はぁ、……うん、平気。まだやれるから……まだ頑張れるから……」

「これが終わったら、たくさん甘えていいからな」

「もう、ヴァン兄のばか」

「ははは」

呆れたように唇を尖らせるクロエに、ヴァンは少し安堵している。この子がやれるうちは、ガーランド隊は戦える。自分の戦力が騎士団においても上位にあることは理解している。だがそれはあくまでも『一対一』においてだ。その状況を作らないと駒として大した働きはできず、そのためにはクロエの場を整える力が必要不可欠だった。

『ヴァン兄はやたら短い毒針。使い勝手は悪いけど、刺せば相手は死ぬ』。

入団試験で言ったクロエの評は、騎士団として一か月の訓練を積んだ今でも変わらず正しかった。そして、毒針という駒をどこに配置するかは、アレックスの索敵に掛かっている。隣に立つ、猫背の青年の肩に手を置いた。

「アレックス、頼むぞ。俺を上手く誘導してくれ」

「……わかってるっスよ、隊長。アンタが折れない限り、俺たちは負けない……っス」

「ああ、頼むぜ、相棒」

あいぼう……とアレックスが口の中で反芻したのは、ヴァンには聞こえなかった。

『ヴァン』

刀から神狼の声がする。

『抜刀はあと一回限りじゃ。それ以上は死ぬぞ。わかっておるな?』

ただの長刀として使うならいくらでも続けられる。だが、ルミナとの模擬戦で使ったような神気を発する状態での継続戦闘は命に関わると、神刀の付喪神はそう言っているのだった。

「……ああ」

頷きながら、ヴァンは覚悟を決めていた。

「さて」

広場の向こう、外街壁を越えてきた魔物たちの群れが再びやってくる。アレックスの探索によれば一番槍はブラッディウルフとサーペントタイガーの十数匹が駆けてきて、その後ろにゴブリンとオーク、さらにオーガが五体にサイクロプスが二体。

まったく、何度も何度も似たような布陣でやってくるものだ。ヴァンは脇構えに長刀を置いた。

両足に力を込める。クロエの魔術によって強化された身体能力を使い、迎撃に出る。通信魔術（コール）を全開放（チャンネルオープン）、

「ヴァン・ガーランド、出ます!」

四つ足獣系の魔物どもが群れとなり槍のように突っ込んでくるのを、ヴァンは一息ですべて斬

って捨てた。袈裟斬り縦斬り平突き逆流の太刀。肉の破片が飛び散り、返り血が霧に変わる間もなく浮足立ったゴブリンとオークの群れに飛び込んでいく。

アレックスの指示でやや左側に寄って攻め立て、手の空いた右側からヴァンを追い抜く一団をクロエの吹雪魔術で一気に殲滅させる。取りこぼした数匹の雑魚はアレックスの投げナイフと、兵士隊の槍衾で一匹も通さない。

ヴァンは残ったサイクロプスの片方を足首から胴体まで丁寧に切り裂いて、もう片方が振るった鋼鉄よりも固い棍棒を受け太刀でバターのように斬り飛ばし、巨鬼の一つ目を真っ二つに両断した。

突如として飛来したワイバーンが攻撃を仕掛けてくるが『向き合ってさえしまえば』魔素(マナ)の動きで相手が何をしたいのか手に取るようにわかる。爪と見せかけて口から火球だろう？　胸元に赤い魔力が集まっている。

——アレをやるか。

思い出すのは輸送任務。丘の上でワイバーンに囲まれた時のこと。

一足一刀の遥か外、頭上の敵へヴァンは左片手一本突きを放つ。到底届くはずのない攻撃はしかし見事命中し翼竜を撃ち落とした。ヴァンが対空魔砲のように飛ばした長刀がワイバーンの胸元を貫くと、体内の火炎が噴き出して魔物の肉体を燃やしていく。もちろんそれで終わりじゃない。

燃える魔物の炎から白い影がしゅるりと躍り出て、再び長刀と姿を変えるとヴァンの手の元に納まった。魔術は使えず、クナイもナイフも大した効果は無いが、この神刀なら絶大だ。

肩に刀を担いだ剣士が、ぎゃあぎゃあと騒がしい羽持つ魔物どもを見上げて不敵に笑う。

「いくらでも来い」


それでも。

限界の時は、すぐそこまで、訪れていた。

☆　☆　☆　☆　☆　☆　☆

それは、この一波の最後の連中――群がってきたゴブリンどもを、長刀から二刀に変化させて雑に斬り捨てたところで耳に入った。

「全軍撤退だ！　城下町の北側魔術陣から撤退する！」

城門を守る兵士のひとりだった。名前は良く知らない。一緒に戦ったのは今日が初めてだ。

彼が何かを叫んでいる。いや、彼だけではない。

「撤退！　城門を捨てて東から北門に向かうぞ！」

「ああ、くそ、助かった……！」

兵士隊の半分ほどが、通信魔術(コール)を聴いているかのように耳に手を当てて、口々に叫んでいる。

不可思議だ。自分たちにはその命令が来ていない。持ち場を離れようとする兵士たちに、アレックスとクロエが叫ぶ。

「……は？　どういうことっスか⁉　どこに行くつもりっスか！」

「何言ってるの⁉　私たちが――ヴァン兄がまだ戦ってるじゃない！」

まるで二人の声が聞こえないように、城門を守る兵士たちの半分ほどが逃げようとしていた。

残っている兵士の一人が――ズブニク部隊長が苦々しげに告げる。

「先代国王だ……。先代が独自の命令を出した」

クロエがズブニクに喰いかかった。

「先代の……？　どういうこと⁉」

「王国軍の四割は、先代国王派だ。そいつらは『命令通り』に撤退する、現国王派の兵たちを、民衆を捨て置いてな。この戦線は崩壊する」

「馬鹿……なの……？　なんでそんな……？」

「お前たちも俺たちと一緒に逃げろ。撤退だ！」

ズブニク部隊長は、きっといい人間なんだとヴァンは思う。だからこうして理由も話してくれる。愚直に命令を聞くヴァンたちを残しておけば、自分たちはより安全に逃げられるというのに。

戦争で最も人が死ぬのは、撤退戦なのだ。

正面戦闘なら敵の防御も硬く反撃もあって、お互いそれほど死傷者は出ない。奇襲も同様で、相手に戦う意思があると攻めにくい。

　だが撤退戦はそうではない。逃げる相手を後ろから一方的に蹂躙することができる。ゆえに、『組織的な撤退』こそが最も重要で、難しい作戦行動なのだ。

　それをわかっているのか、いないのか。『先代国王』陛下とやらは彼らに命令を下した。ろくな作戦指示も出さずに、誰を残して誰から逃がすかという基本的な命令も出さずに、ただ『撤退しろ』とだけ命じた。いや、本当はわかっているはずだ。部隊の半分にだけ命令すれば、残りの半分が逃げ出す前に、壁になるのだから。

「出来るわけ――出来るわけないでしょ⁉」

　それをぜんぶ理解したうえで、クロエは激昂した。自分たちを囮にしようとしたことではなく、この場を放棄することに。

「城下町にどれだけのひとが残ってると思ってるの⁉　私たちがここを動いたら、何百何千の人が死ぬ！　兵たちは、先王は民を見捨てて自分たちだけ逃げるつもり⁉」

「見捨てるんじゃない！　後方で立て直すんだ！　民衆の避難も始まっている！　騎士隊の力も必要だ。俺たちも撤退する。だから一緒に来てくれ！」

「そんな、そんなこと……！」

　こうしている間にも、先代派の兵士たちは次々と逃げていく。指示通り、城壁に沿って東西から北門を目指すらしい。この最前線――南門を開けないのは、先王の慈悲ではなく、時間稼ぎの一環だろう。ポーションの残りはわずかで、残る兵たちは逃げ出さないのではなく、傷や疲労で

立てない者ばかりだ。そして、

「ヴァン隊長。魔物の次の波が来るっスよ……！」

球体の索敵魔術を見せて、アレックスが窺うようにヴァンを見た。先ほどまでより一回りほど数が多い。

「これじゃ、ダメ、ダメだよ、これじゃもう…………ヴァン兄！　私たちも逃げ——」

「いや」

ヴァンは言った。

「俺はここに残る」

「でも！」

「騎士隊に命令は来ていない。団長は俺たちに残れと言っている。そうだろ？」

「そう、かもしれないけど……。でも！」

「二人は行ってくれ」

ヴァンとアレックスが同時に呆けた声を出した。

「…………は？」

「…………え？」

「敵が城下町内にも入り込んでる。中にいるエイサンたちと合流して、兵士隊と一緒に、住人を守ってくれ」

クロエが震えながら、

「………ヴァン兄は？」

「俺はここに残る」

「それ……って………」

ここで死ぬという意味か。

「殿を受け持つ。味方が撤退するなら援護するのが騎士の務めだ」

「待ってよ……待ってよヴァン兄！　そんなの違うよ！」

涙混じりの声でクロエが叫ぶ。兄の服を掴んで、精一杯に叫ぶ。

「おかしな命令のせいでヴァン兄がひとり残ることないよ！　ヴァン兄が残るなら、私だって残る！」

「クロエ……」

「ヴァン兄ひとりじゃ何にもできないでしょ？　強化魔術だって掛けられないんだから」

一秒だけ考えて、兄は息を吐く。

「………助かる」

思ったよりも、ヴァンはあっさり引き下がった。それが信頼の証であるとクロエは受け取った。

彼にとって、兄にとって、自分は守られるべき存在ではなく、頼られる仲間なのだ。それがクロエには、涙が出るほどうれしかった。ヴァンはもう一人の仲間を振り返り、

「アレックス」

「は、はいっス……」

「俺とクロエは残る。お前は城下町を頼む。俺たちの代わりに、一人でも多く、逃がしてくれ」

「でも……俺は……」

火球。すぐ左上から飛来してきたそれを、クロエは詠唱すらせずに氷の矢で撃ち抜いた。氷の矢はそこで溶けずに、火球を放ったワイバーンを狙撃して落としたみせた。モンスターの群れがまた湧いてくる。ヴァンは得物を抜いてアレックスを促す。

「行け！　後でまた会おう！」

「っ……！」

泣きそうな顔でアレックスが走り去る。

あっという間に小さくなっていくその背中を見届けて、ヴァンが振り返った。

敵が、来ている。

隣に残ったクロエに、眼前を見ながらヴァンが笑う。

「今日は……一生分のゴブリンを斬ったよ」

「あはは……私も、一生分のワイバーンを撃ち落としたと思う」

「えっ、ゴブリンよりワイバーンの方がカッコよくない？　ずるい！　俺もそっちがいい！　今日は一生分のサイクロプスを斬りました！」

「なに張り合ってんのよ」

子供みたいな兄に声を上げて笑う。自分にまだそんな元気があったことにクロエは驚いた。

「撤退が完了するまで、だよね？」

「ああ。俺たちにその命令が来るまでだ」

「あーもー疲れたー。あとでたくさん甘やかしてね、ヴァン兄」

「任せとけ！」

「じゃ、援護する」

「ああ、任せたぜ」

クロエが後退し、ヴァンが前進する。

敵が多い。

つまり、ちょうどいいということだ。


「抜刀——天照大神草薙大刀（てんしょうたいしんくさなぎのたち）」

ヴァンの半径2メートル半分と少し、すなわち、冷え冷えとした刀身の長さと同じ距離から他（た）の魔力が失われる。神刀から放たれた気で、魔物から放たれる瘴気の一切合切がこちらへ届く前に掻き消える。この一波を滅ぼしつくせばだいぶ楽になるはずだ。切り札はここで使う。


「で——あと何体だ？」

十分足らずで敵を全滅させたヴァンは、圧倒的な神気に怯んで城門を囲みつつも前に出られない魔物どもに、そう訊いた。

☆　☆　☆　☆　☆　☆　☆

陽が落ちてきた。

じりじりとやられていく。

自分が、ではない。自分が取りこぼした敵が、味方の兵士を負傷させていく。

『焦るではないぞ、ヴァン』

とっくに神気が失われ、再び『納刀』された刀から声がする。

『あやつらも兵。民のために命を懸けるは誉（ほまれ）じゃろうて』

――でも、こいつらを倒すのは俺の仕事だ。俺に遠距離魔術が使えたら……。

『背負い過ぎるでない。お主はただ目の前の敵を斬ることに集中すれば良い』

――わかってる。『毒針』の意地を見せてやる。

右から血濡れた狼、左から槍突進（ランスチャージ）してきたリビングメイル、正面にはそいつらを丸ごと潰しそうな棍棒を振り下ろすサイクロプス。

右の狼の口内に刃を突き立てそのままかち上げ、棍棒ごと巨人を横に薙ぎ払った。左の槍はクロエの防御魔術を小盾のように使っていなし、巨人を斬った刀の軌道の先にリビングメイルの首が来るよう誘導する。

ブラッディウルフが喉から背中にかけて真上に切り裂かれ、サイクロプスは棍棒ごと胴体を真横に両断され、穂先をそらされたリビングメイルは突進の勢いのままヴァンの横を通り過ぎながら置いてある刀に首を刈られた。
　次が来る。
　魔力盾にヒビが入っているのをヴァンは見逃した。見ている暇なんてなかった。ワイバーンの火球は魔力盾を鎧のように伸ばして防御し、手斧を振りかぶるオークの胴を抜き、オークの横から飛び出してきたゴブリンのダガーは魔力鎧で防げると判断して無視し、それらすべてを薙ぎ払うようなサイクロプスの地を這う棍棒を断って、
　腹に激痛、
　おかしい、
　何を見落とした？
『ヴァンっ！』
　刀が叫ぶ。サイクロプスの棍棒を断ったまでは良かった。魔力鎧が破られて、右わき腹に深々とゴブリンのダガーが刺さっている。グギギ、と醜く笑う小鬼の頭を柄頭で粉砕し、喉が勝手に血を吐く、サイクロプスが蹴りを放つ。
　避けられない。受け身を、
　ぐあんっ、と頭の中で血が爆ぜたような衝撃が走る。気が付けば宙を舞って城門まで吹き飛ばされている。咳き込む。咳き込む。咳き込む。血が溢れてくる。立ち上がれない。口から、どす黒い血が。

「ヴァン兄っ！」

眩暈がする。クロエの声がすぐそばで聞こえて、暖かい光が腹を覆う。

立て、立ち上がれ。

「立っちゃだめ！」

でもクロエ、敵が来る。

「いま回復するからっ！」

霞む視界のなか、自分たちを守るように王国兵たちが突進する。待て、だめだ、それじゃ、

「ごめんなさい、ごめんなさい、私の盾が途切れたからっ！」

クロエが泣いている。

違う、俺のせいだとヴァンは思う。

「ごめんなさい、ごめんなさい、ごめんなさい、私、私が、ちゃんとできなかったから……！

お姉ちゃんみたいになれなかったから……！」

違う、クロエはクロエだ。クロエはルミナみたいになんて、ならなくていい。

「ごほっ、いい、か、クロエ……」

「ヴァン兄っ！」

「お前がいたから、ここまで……戦えた、んだ。クロエは、ルミナには無い、強さがあるよ」

立ち上がるぞ、とヴァンは思う。膝を曲げる。手を地面につける。太ももに力を入れる。

「立っちゃダメだってばぁ！」

ヴァンはやせ我慢して笑う。

「大丈夫だ、こんなの大したことない」

腹の傷を見ると、もう薄く膜が張られている。さすがクロエだ。

「ルミナは、治癒魔術が下手なんだよ。あいつ、怪我しないから」

思い出して笑う。そう、森で遊んで怪我をしたときは、いつもクロエが治してくれた。

「じゃあ……援護、頼む」

「ヴァン兄……！」

息を吸って、吐く。大丈夫だ、まだやれる。そう足を踏み出したとき、ざわり。

肌に触れる空気が変わった。魔物たちの雰囲気が変わった。

兵士たちを蹂躙していたモンスターどもが、一斉に動きを止めた。ざぁぁぁ、と波を引くように、まるで王族に対する臣民のように、道を開ける。

——角を生やしたヒト型に出会ったら、まず逃げなさい。

神父(ちち)の声が脳裏に蘇る。

——彼らは天神を憎み、そしてその子供である人類種族(ニンゲン)も憎んでいます。

腹が痛い。頭痛がする。……胸の古傷がうずく。

魔物の向こうからヒトが来る。

「ああ……やはりか。人間」

両耳の上から二本の角を生やした、マントを身に着けたヒトが、ぼそりと言った。

「あの時の小僧だな」

ああ……やはりか、とヴァンは思う。宿敵を睨みつけて。

「あの時は世話になったな」

五年前。神隠し。

自分の胸に大穴を開けて、ルミナによって退けられた魔族が、ヴァン達の前に再び現れた。

☆

城門から逃げ出した兵の中で、アレックスは球形の探知魔術が黒く覆われたのを見た。

通信阻害（ジャミング）が掛けられた。覆われる直前に、夥しい数の魔物と、魔族を示す強大な魔力が表れていた。

「無理だ、無理だ、無理だ……！」

防衛線が崩壊し、王国軍は総崩れになる——寸前で、ヴァン隊長が踏み止まった。

自分たちは、彼を置いて逃げた。

城門の前では、今もクロエが戦っている。

自分は、彼女を捨てて逃げた。

同じ仲間なのに。

自分よりも年下なのに。

でも――

「無理だ、無理だ、死ぬ、俺にはできない……！」

兄の言葉が脳裏に蘇る。

――模擬戦唯一の生き残り？　笑わせるな。ただの敵前逃亡だ。

兄の言葉が耳元で聞こえる。

――辞めろ。可能な限り早く。味方を殺す前にな。

そうとも。

アレックス・ギエザは、いざという時に自分だけでも逃げられるように、斥候になったのだ。

今、この時のように。

大波のような後悔がアレックスを襲う。大粒の涙がアレックスの瞳に浮かぶ。それは彼の足を鈍らせる。兵士たちが自分を追い越していく。助けを求める、死にかけの人々を見捨てて、兵士たちは逃げていく。

自分もその一人だ。

「はぁっ……はぁっ……！　ああ、あああ……！」

どうしてもっと早く部隊を抜けなかったのだろう。もし自分が斥候じゃなければ、ヴァンとクロエを死なせずに済んだのに。

いざという時に自分だけでも逃げるのならば、そもそも騎士になんてなるべきではなかった。

どうしてもっと早く気付けなかったのだろう。そんな当たり前のことを。

入団試験の時も、索敵に出ると言いながら、無意識に戦いを避けて、安全な場所からヴァンとクロエに戦闘を任せていた。ヴァンがルミナと残った時も『一騎打ちだから』と言い訳をして手を出さなかった。ダンジョン掃討の時も、護衛任務の時も……。

魔力量が低いからアタッカーになれないんじゃない。

自分が弱虫だから、戦えないんだ。

「くそっ、くそっ、ちくしょう……！」

そして、それを見た。

見覚えのある畑だった。見覚えのある背中だった。三日分の仕事が一日で終わったと喜ぶ老夫婦の笑顔がいっぺんにアレックスの脳裏に蘇った。オーガの渾身の一撃を防ぐ土壁だって作れるに違いない操土魔術で丁寧に丁寧に土を掘り出したクロエの顔が、無駄に強力な強化魔術（バフ）を掛けられてあっという間に芋を掘りつくしたヴァンの顔が、一緒に食べたぼそぼそとした芋の歯ごたえが、その甘みが、いっぺんにアレックスの体中に蘇った。

もう走れない。

「ああ、ああああっ……！」

倒れている老夫婦に駆け寄った。そんなことしなくたってこと切れていることくらいわかる。

それでも脈を測って、拙い治癒魔術を掛けて、何の反応もしないしわくちゃの顔を手で撫でた。

「くそっ、くそっ、ちくしょう……！　ちくしょう、ちくしょう……！」

嗚咽が漏れて、あとからあとから涙が溢れて止まらない。

それでも立ち上がれない自分が、死にたくなるほど情けなくて、悔しかった。

☆

目の前に魔族がいる。

いま、ルミナはいない。

いま戦えるのは、自分たちだけだ。

ヴァンはあとどれくらい立っていられるかわからない。クロエの魔力も枯渇寸前だ。兵士隊も、ほとんどが倒れ伏している。

陽が沈みつつある。

まだ、夜明けには遠い。

まだ攻略部隊は、帰って来ないだろう。

城下町の避難は済んだのだろうか。犯人は目の前にいるコイツだろうが、しばらく前から王都にも通信阻害（ジャミング）が掛けられて、作戦司令部からの通信魔術（コール）が届かなくなっていた。代わりの合図である狼煙も笛も無いということは、まだここを守らなければいけないということだ。そうでなけ

れば、

「なぜ逃げない？」

魔族が不意に言った。自分に訊いたのだろうか。

意味がわからない。

「上空（うえ）から見ていたが――貴様らの群は総崩れだ。意思がバラバラで、まるで統一性が無い。一つの巣に王が二つも三つもいるような群体の動き方だ。不合理で、ひどく醜い」

何を言っている？

「貴様がどれだけ働こうと、貴様ひとりの力でこの戦況は覆せない。ほかの連中と同じように、なぜ逃げない？」

頭が痛い。頭の中が白くなる。

ふぅーと息を吐いた。怒りを吐き出すように。

「……今日だけで、いったいどれだけの人々が傷つき、死んだと思っている」

城下町の外の死体。夥しい数の躯。

「王都の市民が、兵士が、騎士が、何人死んだと思っている」

城門の前の死体。うずたかく積まれた兵士の亡骸。

「その人たちの命に報いるためにも、俺は逃げない」

ヴァンは顔を上げる。

なぜ逃げないだと？

「死んでいった人たちの——騎士の俺が守れなかった人たちのために、俺が守るべき人たちのために、俺は命を懸けて戦う！　かつて天神に選ばれた剣聖がそうしたように！　俺が目指すべきもののために！」

魔族が静かに尋ねる。

「目指すものとは？」

決まっている。

「俺は、双聖騎士(ディオスクロイ)になる」

魔族は、笑わなかった。

ただヴァンを見て、そしてその神刀を見て、呟く。

「その前に——ここで死んでいけ、出来損ない」

その言葉には、どこか聞き覚えがある。そしてその言葉には、どこか憎悪があった。

「我が神に仕えし魔の一族——アーウェル・ヒューズ」

アーウェルと名乗った魔族は、すっと指を指して、

「早熟の実は成り、腐った。だが、アレが熟れるまでには、あと数十年ほどの猶予がある」

魔族が指し示す相手はヴァンではなく、クロエだ。

「未熟な実を、神に捧げる」

うちの妹を連れて行こうってことらしい。笑わせるな。

「神聖プレイアデス王国騎士団第20位ガーランド隊隊長ヴァン・ガーランド」

長刀を平正眼に構える。

「俺を斬ってから言え」

魔族が、今度は鼻で笑う。

「いいや?」

その指が、クロエからヴァンに向けられた。

「貴様の相手はこいつらだ」

魔族の影が広がる。魔物たちが影に飲まれ、真っ黒になっていく。強化が施されていると肌で感じ取る。敵は魔物を飲み込み、自己の眷属としたのだ。ただでさえ数が多いのに、そのうえ一体一体の魔力が桁違いに増幅している。

アーウェルの手が指揮棒(タクト)のように振るわれる。力を増した魔物どもが襲い掛かってくる。先ほどより遥かに動きが速い。目がかすむ。足が重い。「ヴァン兄」とクロエのか細い泣き声がする。

もういい、とヴァンは思う。

それをただの長刀として使うならいくらでも続けられる。だがルミナとの模擬戦で使ったような神気を発する状態での継続戦闘は命に関わると、神刀の付喪神はそう言っていた。でももういい。お前だけでも逃げてくれ。頼むから、

「抜刀——天照大神草薙大刀(てんしょうたいしんくさなぎのたち)」

頼むからクロエには、生きていて欲しいと思う。

☆　☆　☆　☆　☆　☆

初手でいきなりサイクロプスが出てきた。相も変わらず棍棒を振りかぶっている。こいつら縦斬りしか知らないのだろうか。

いい加減に棍棒を受け太刀するのも飽きてきたヴァンは、相手の振り下ろしに刀身の峰を合わせて振り上げる。こん、という軽い音がして、相手の棍棒はヴァンが立っていた場所のわずか左へ撃ち込まれ地面を粉砕したが、その時すでに踏み込み跳躍していたヴァンは長刀を振り下ろし、巨人を縦に真っ二つにした。

七天理心流における『峰返し』という小技で、敵の打ち込みに対し、こちらは振りかぶる動作で敵の刃を峰で反らし、そのまま反撃に転ずるものだ。ただの剣士が真似したところで、峰を当てた剣ごと巨人の棍棒に押しつぶされて終いだが、コツを掴めば、相手の打ち込みの力点を見極めることが出来て、このように質量を無視したかのような『反らし』が可能になる。

『理』にかなった動きをする。『心』にゆるやかに保つ。川が『流』れるように自然と歩む。七天理心流免許皆伝のヴァンからすれば、振りかぶりから打ち込みまで一動作で済むので楽なのだった。

「ふぅ――」

達人技を目にして、理解が全く及ばない魔物どもは、しかし進撃の手を緩めなかった。いやこの場合は足というべきか。ともかく止まらない。急き立てられるようにして、たったひとりのヴァンに向けて突っ込んでくる。

なるべく囲まれないように立ち回るものの、まぁ無理といえば無理な話で、四方八方から繰り出される牙だの爪だの斧だの槍だの棍棒だのが雨あられのように打ち込まれてくる。

先ほどまでは協調というものを知らない烏合の衆であった魔物どもは、アーウェルの指揮下に入ってからは見事な連携を見せるが、それでもヴァンを狙った槍が向こう側にいるゴブリンらしき影を二匹まとめて貫いてしまったり、お互いの刃で斬り合ったりと有り得ないミスを連発していた。それがこの小さい剣士の独特な歩法によって誘発されたものであることに、魔物も魔族も気付かない。

——ああ、こう動けば楽だな。

長い刀を小さく振り回しながらヴァンの動きはよりコンパクトなものになっていく。師である父の稽古で身に付いた七天理心流の歩法と、次の師である神狼の修行で身に着けた神剣術理の歩法。

それがこの鉄火場で今まさに受けている実戦稽古で奇妙に合わさり、定石を持たない独特の歩法へと昇華した。

『一対一』で必ず敵を殺す剣士。向き合えば敵の意思を——敵自身が自覚してない意思まで——読み先んじる天才。それがヴァンであるが、ことここに至って『受け』の剣が完成しつつある。

こうなると長刀よりも二刀の方が有利で、その意思を読み取った神刀は双つに割れた。

雄剣の切っ先と右手の指先はすでに同じ感覚であり、左手で敵を撫でれば雌剣がその首を刈っていく。間合いは狭くなっているはずだが、自身のパーソナルスペースと感ぜられる魔素（マナ）の領域はむしろ広がり、相対するまでもなく手に取るように敵の動きが察知できる。

背中に撃ち込まれた槍を見るまでも無く躱し、食らいついてきたサーペントタイガーを貫かせてやる。肩や腕が多少喰われようが気にしない。

敵の首が、落ちていく。

天の陽が、落ちていく。

じりじりと、やられていく。

仲間が、ではない。もう仲間はクロエしか動いていない。背後で泣きながら座り込む彼女を守り、ヴァンは踊るように二刀を振るう。血だらけの身体は舞うごとに命を散らし、柄頭の房飾りの白い毛まで赤く染まり、剣士が――兄が虫の息なのは誰が見ても明らかだった。

「どうしてそんなに頑張れるの……？」

聞こえたはずは無かった。でも、兄の背中を見れば答えは知れた。

そんなの決まってる。

出血多量で目がかすんでいるヴァンが見ているものは敵ではなく、その向こう。

魔族の向こうに見える、夕暮れに輝く、二つの星を見つめていた。

「――あの星が、待ってるから」

意識が朦朧としているヴァンの視界は五年前に戻っている。その方がむしろ効率が良いと脳が判断している。『神隠し』と似たような状況で、ただ違うのは、後ろにいるのがルミナでなくクロエであることだ。自分の後ろに、城下町の中に、力なき人々が大勢いることだ。

守るべき存在がいることに、変わりはない。

星が、瞬いていた。

真っ暗な闇が蠢いている。その中で、たった一つの星がきらきらと瞬いている。闇は右にも左にも後ろにもいて、クロエを囲んでいる。闇が手を伸ばしてくる。ヒトの形をした悪意、ヒトの中から噴き出した悪意が形作ったモノ、真っ黒な魔のモノが、闇の色をした魔物が、自分を取り囲んで、手を伸ばしてくる。

星が、瞬いた。

闇が、切り裂かれた。

間近で光るその星は、自分を守っているのだ。ヒトの形をした善意、ヒトの中から生み出された善意が形作ったモノ、真っ白な星の士が、天の色をした騎士が、自分を取り囲む魔物を切り裂いている。

綺麗だった。

目が覚める思いだった。

自分は、決してこのようにはなれないと思った。

星の騎士が腕を振る。その手に握られている白い二刀は、きっと、もはや身体の一部に違いない。まるで彗星の尾びれみたいに白刃が流れて、闇の魔物を切り裂いては、真っ暗だった自分の視界を白く塗り替えていく。

斬って、斬って、斬って、斬り続けた。その騎士は闇を斬り伏せ、決して諦めなかった。

どうか、どうか、どうか、想い続ける。このヒトを助けてください。死なせないでください。

その願いをかなえてくれる存在（ほし）は、ここにはいなかった。

第四章 虹を超える者

chapter 04

願いをかなえるのは、自分自身だからだ。

クロエは決して兄や姉のようにはなれない。

ならなくていい。

――ああ、任せたぜ。

そう背中を預けられた。兄にとって、自分は守られるべき存在ではなく、頼られる仲間のはずなのだ。

だから、兄を助けるのは自分の役目であるはずなのだ。

――私が、このひとの星になる。

兄は綺麗だった。

目が覚める思いだった。

――死んでいったひとたちの――騎士の私が守れなかった人たちのために、私が守るべき人たちのために、私は命を懸けて戦う！

とっくに底がついているはずの魔力を身体中からかき集める。生きているだけで使用するエネルギー、生きるために必要な魔力さえも導入する。

やるべきことはわかっている。その方法も理解している。つまりはルミナとの模擬戦と同じだ。

まずは祝詞、

「我が身は七女神（プレアデス）と共に在り。我が心は天神と共に在り。我が命は星に授かりしものなり。我らは星に与えられ、星と共に生（い）くる者なり」

心臓が軋む。血液が信じられないくらい速く巡る。脳が割れるほどの痛みで「やめろ」という。

その危険信号を全て無視して、マテラス教会屈指の秀才である後衛魔術師が詠唱を行う。大規模攻撃魔術の照準設定は光の屈折に似ているとクロエは思う。中心点である魔族に焦点を合わせ、その周囲に霞んで見える全ての魔物が攻撃範囲だ。

——あれは虹。空。異界。

極小の結界内で魔素（マナ）の核分裂反応を引き起こし、その温度を以て核融合エネルギーを取り出し、星の上に疑似太陽を創り範囲内のものをすべて焼き尽くす禁忌半歩手前の大量破壊魔術。結界を壊さない程度の威力に抑える必要も無ければ、ヴァンや自分を心配する必要もない。なぜならば、

「我が身は七女神（プレアデス）と共に在り。我が心は天神と共に在り。我が命は星に授かりしものなり。我らは星に与えられ、星と共に生（い）くる者なり」

——きっとこれは、ひとが虹を超えるための魔術。

精霊でも天神でもなく、星そのものに願い出る。我々（ヒト）を構成する元素と魔素（マナ）を同調させ、別の地点に再構成させる魔術を起動させるからだ。

『ヴァンを殺す気？』

ううん、と胸の内で首を振る。

――ヴァン兄は、私が死なせないよ、お姉ちゃん。

クロエの両手で、二つの魔術が同時に起動した。

――私が。


「――虹を超えて、星になれ（ステラ・ラルコバレーノ）」


――私が、あのひとの星になる。

魔族を中心に、核熱爆発が巻き起こる。

ひとたまりもなかった。

恐ろしいほどの爆熱が地上に出現する。魔物の魔力防御なんざ紙みたいなもので、強化された影ごとあっさりと蒸発する。

ゴブリンとオークの群れが。ブラディウルフにサーペントタイガーが。リビングメイルにアークシャーマンが。コカトリスがワイバーンがトロールがサイクロプスが。奴らが人々に行ったように等しく鏖殺（みなごろし）にされる。

それは剣聖ルミナの新しい魔術とは別の方向性である、魔物だけを殺す光だった。ゆえに、背後の城門結界が守られたのは当然といえる。ヴァンとクロエが無傷なのも、爆発の直下にある人々の亡骸がそのままなのも狙い通りだった。

クロエは核熱魔術を放つと同時に、自分とヴァン、そして王都全体を一瞬だけ異界に転移させたのだ。ゆえに、脳と心臓が焼き切れなかったのは奇跡といえる。陣を使わない、呆れるほど広大かつ膨大な転移魔術に、核熱爆発の並列起動は、たとえルミナであっても廃人になっておかしくないほどの瞬間魔力量だった。

そう——一度に放出する魔力量だけは、クロエはルミナに勝っていた。

『ヴァン兄』

身体をくの字に折らせ、自らが吐いた血の中に倒れながら、通信魔術で呼びかける。口ではもう、一言も発せないから。

『今度こそデカいの撃ったから、あとは任せたわよ』

まだ生きている。

アレを喰らってもまだ、魔族の影がそこに在る。

五年前の視界から戻ってきたヴァンが、心からの賞賛と尊敬の念を抱いて、

『ありがとう、クロエ！』

駆け出した。

☆

——一度の打ち合い、一合だけならなんとかなる。

クロエのとんでもない魔術は、彼女の命を大きく削るものだっただろう。その行為を無駄には

しない。自分も限界はとっくに迎えている。この長刀に込められた神気が抜ければ、魂すら一緒に抜け去ってしまうのではないかという気すらしてくる。

――だったら。

だったらもう、遠慮はいらない。

相打ち覚悟で、捨て身の攻撃を仕掛けるだけだ。

焼け焦げた大地の上で、アーウェルという名の魔族がゆっくりと立ち上がる。影の中に潜んだらしいが、それでもダメージは免れなかっただろう。いいさ、とヴァンは笑う。お互いに死にかけだ。

「我が神、よ……！」

唯一残ったマントから、かろうじて右手と顔だけが在る。アーウェルの本体があのマントであることをヴァンは知らない。ただ、相対さえすれば、攻撃の気配は魔素（マナ）を通じて読める。奴が口にしているのは、救いを求める言葉ではない。敵を呪う言葉でもない。

「人類種族の、天敵たる、魔族の神、よ……！」

これは祝詞だ。

「我が、我が心は……く神と共に在り。我が……命は……星に……授かりしものなり……。我らは――」

敵の詠唱――魔術。

させるか。

遥か一足一刀の間合いの外、二刀を持ったヴァンが右手を振るう。雄剣は瞬く間に長刀となりて間合いを殺(ばか)し、その凍らんばかりに白い刃が魔族アーウェルの首に触れる、

その寸前、

「我らは星に見捨てられ、星と共に死ぬ者なり！」

ぼっ、と魔族の身体が弾ける。その身から影の槍が剣山のように突き出してヴァンを貫く、

その直前、

『掛かった！』

ヴァンの鼻先で槍がぴたりと止まった。魔族の足元に、小さな蜘蛛の巣のような魔術陣が敷かれている。魔族の背後に、クロエの魔術で転移してきたガーランド隊の斥候(スカウト)が立っている。

アレックスの拘束魔術だった。

『待ってたぜ、相棒』

ヴァンは「信じてた」なんて言わない。疑うことすらしなかったから。最初から戻ってくるとしか思わなかったから。逃げ出したなんて考えもしなかったから。それがアレックスには、震えが来るほど幸せで、涙が出るほど眩い。

「神剣術理――」

その眩く白い太刀を、ヴァンが振るう。

「天照(あまてらす)の太刀」

魔族アーウェルの首を、断ち切った。

☆

魔族の首が飛ぶ。その身が影に溶け込もうとするが、しかし果たせなかった。

神刀による天照の刃は、およそこの星に存在するあらゆるものを断ち切るからだ。たとえそれが、この星を創ったとされる者たちであっても。

ふらり、とヴァンが倒れるのを、アレックスが抱き支えた。

何を言えばいいのかわからなかった。ただ、謝りたかった。これまでのことを。偽っていたことを。本当は、相棒なんて言われるほどの存在じゃないことを。

そんな感傷に浸っている場合じゃ、なかったのに。

「…………なんで？」

探知魔術の球体に不可思議な反応が起こる。

目の前の焼け焦げた大地から、不可思議な現象が起こる。

魔族は消えた。それはいい。

だが——魔物の群れが、まだ残っている。

「なんでだよ……。さっきの、クロエの特大魔術で……」

クロエが王都の人間すべてを転移させたように、アーウェルもまた、魔物たちを影に潜めたのだ。そいつらが生きている。目の前の大地から、次々と這い上がってくる。もう逃げ場がない。

ヴァンは息をしていることすら不思議なくらい消耗しているし、自分だってほとんど魔力が残っていない。隠密魔術を掛けたところでこれだけの近距離だ。すぐに気付かれるに決まってる。

「あぁ…………」

腕の中でヴァンが何かを呟いた。

「やっぱり…………」

何かを見ている。周囲――サイクロプス？　違う。巨人の上――空の上。

陽が落ちかけている。

夕暮れの向こうに、二つの星が瞬いている。

その星を背にして、何かが、誰かがこっちを見ている。手を天に掲げて、

「やっぱり、ヴァンはすごい」


光の矢が降り注ぐ。それは魔力そのもので対象を撃ち抜く新しい時代の魔術――『閃煌魔術』。

ルミナだった。

新時代の英雄が、剣聖ルミナが戻ってきた。

攻略部隊の誰よりも早く。

きっと、ヴァンにとってそれは、光よりも速いに違いなかった。

魔物がことごとく滅ぼされていくのを見て、

「眩しい……」

ヴァンは、意識を失いかけながら呟いた。

――やっぱり、ルミナはすごい……。

でも待ってろよ。

いつか必ず、追いついてやる。

それで、二人でなるんだ。

あの二つの星みたいに――あの伝説の、『双聖騎士（ディオスクロイ）』に。

終章 オレンジの片割れ

chapter FINAL

「エレノア様」

王都の中央、最も高い場所には、神殿がある。

一度、『火災』によって焼け落ち、再建されたものだ。

祀るべき神がいない空っぽの神殿に、剣聖ルミナが訪れた。

神座の前でひとり、祈りをささげる、彼女に会うために。

「ご無事でしたか」

エレノアと呼ばれた美しい少女の姿をした巫女が振り返る。外見年齢はルミナと大差ないが、もう何年も成長が止まっていた。天神から授けられた、ある武具の力によって。

「……ルミナ」

か細い声で答えた。

「あなたが来たということは、終わったのね」

「はい」

ルミナは淡々と答える。

「魔族が引き連れた魔物どもは、すべて葬り去りました」

もしこの場にルミナの家族がいたならば、あるいは家族同然の幼馴染がいたならば、きっと彼女がその心のうちに途方もない怒りを秘めているのを、必死でそれを抑えているのを、その声から読み取っただろう。

　少女の姿をした巫女は、目を伏せて、悲しそうに応える。

「また、連れて行ってはくれなかったわね」

　その言葉に。

「――――」

　ルミナの魔力が膨れ上がった。氷のような目が、神座の前で座している少女を冷たく見下ろす。

　少女もまた、ルミナを見上げた。悲しそうな、何もかもを諦めているような目で。

「…………」

「…………」

　二人はそうして視線を交わし、やがて――。

「では」

　ルミナが踵を返した。

　その背を見て、エレノアは、ふぅ、とため息をつく。

「ええ、またおいでなさい、ルミナ」

　そして、こう言った。

「私を殺せるほど強くなったら、また」

　ルミナはその言葉に立ち止まり、しかし振り返ることなく、神殿を後にした。

エレノア・イーリアス・ポルトカリ。
彼女こそルミナの目標。
ルミナが超えるべき存在。
天神に選ばれ、天神に仕えた、魔術師最上位（さいきょう）の二人組——その片割れ。
一人しかいない、現在の『双聖騎士』である。

本書に対するご意見、ご感想をお寄せください。

あて先

〒162-8540 東京都新宿区東五軒町3-28
双葉社　モンスター文庫編集部
「妹尾尻尾先生」係／「鍋島テツヒロ先生」係
もしくは monster@futabasha.co.jp まで

落ちこぼれ神刀使い、剣聖幼馴染とともに最強に至る

2023年10月31日　第1刷発行

著　者　妹尾尻尾

発行者　島野浩二

発行所　株式会社双葉社
〒162-8540　東京都新宿区東五軒町3番28号
[電話] 03-5261-4818（営業）　03-5261-4851（編集）
http://www.futabasha.co.jp/（双葉社の書籍・コミック・ムックが買えます）

印刷・製本所　三晃印刷株式会社

[電話] 03-5261-4822（製作部）
ISBN 978-4-575-24689-6 C0093

Mノベルス

魔王様、リトライ!

Maousama Retry!

神崎黒音 Kurone Kanzaki
[ill] 飯野まこと Makoto Iino

どこにでもいる社会人、大野晶は自身が運営するゲーム内の「魔王」と呼ばれるキャラにログインしたまま異世界へと飛ばされてしまう。そこで出会った片足が不自由な女の子と旅をし始めるが、圧倒的な力を持つ「魔王」を周囲が放っておくわけがなかった。魔王を討伐しようとする国や ら聖女から狙われ、一行は行く先々で騒動を巻き起こす。見た目は魔王、中身は一般人の勘違い系ファンタジー!

発行・株式会社　双葉社

Mノベルス

勇者になれなかった三馬鹿トリオは、今日も男飯を拵える。

SANBAKA TRIO'S OTOKO-MESHI!

著 くろぬか

画 TAPI岡

ステーキ！　唐揚げ！　川魚の塩焼き！　特別な料理は要らない。これは、〝男飯〟なのだから。小学校からの幼馴染であるアラサー男の北山、東、西田は、『勇者召喚』で異世界に召喚されるが、鑑定の結果、三人は勇者ではないと判明し、城から放り出されてしまう。慣れないサバイバル生活を余儀なくされる三人だったが……これが意外と面白い！お金を稼ぐ為、食べる為、そして生きる為に、三馬鹿は今日も狩りをする。

発行・株式会社　双葉社

モンスター文庫

おい、外れスキルだと思われていた《チートコード操作》が化け物すぎるんだが。①

どまどま
画 福きつね

Hey, "Cheat Code Mani… which was thought to b… …ther skill, is too monster.

18歳になると誰もがスキルを与えられる世界で、剣聖の息子アリオスは皆から期待されていた。間違いなく《剣聖》スキルを与えられると思われていたのだが……授けられたスキルは《チートコード操作》。前例のないそのスキルはゴミ扱いされ、アリオスは実家を追放されてしまう。だがその外れスキルで、彼は規格外なチートコードを操れるようになっていた！　幼馴染の王女もついてきて、彼は新たな地で無自覚に無双を繰り広げていく！

モンスター文庫

発行・株式会社　双葉社

モンスター文庫

1

超難関ダンジョンで10万年修行した結果、世界最強に ～最弱無能の下剋上～

力水

ill 瑠奈璃亜

【この世で一番の無能】カイ・ハイネマンは13歳でこのギフトを得た。しかし、ギフトの効果により、カイの身体能力は著しく低くなり、ギフト至上主義のラムールでは、蔑まれ、いじめられるようになる。カイは家から出ていくことになり、王都へ向かう途中襲われてしまい必死に逃げていると、ダンジョンに迷い込んでしまった――。そのダンジョンでは、『神々の試煉』をクリアしないと出ることができないようになっており、時間も進まないようになっていた。カイは死ぬような思いをしながら『神々の試煉』を10万年かけてクリアする。クリアする過程で個性的な強い仲間を得たりしながら、世界最強の存在になっていた――。かつて、無能と呼ばれた少年による爽快無双ファンタジー開幕！

モンスター文庫

発行・株式会社　双葉社

1

小鈴危一

Illust. 夕薙

最強陰陽師の異世界転生記

～下僕の妖怪どもに比べてモンスターが弱すぎるんだが～

仲間の裏切りにより死に瀕していた最強の陰陽師ハルヨシは、来世こそ幸せになりたいと願い、転生の秘術を試みた。術が成功し、転生した先はなんと異世界だった！　魔法使いの大家の一族に生まれるも、魔力なしの判定。しかし、間近で目にした魔法は陰陽術の足下にも及ばなくて――極めた陰陽術と従えたあまたの妖怪がいれば異世界生活も楽勝！　歴代最強の陰陽師による異世界バトルファンタジーが新装版で登場！　30頁超の書き下ろし番外編も収録。

発行・株式会社　双葉社